In einer klaren, nüchternen und zugleich ungemein starken Sprache erzählt Joseph Zoderer von Menschen, die mit dem Leben nicht zurechtkommen, vom Scheitern und von der Leidenschaft, die sich dem Scheitern entgegenstellt. »Der Himmel über Meran« endet mit einem grandiosen Bild jenes Landes, dessen literarische Gestalt Joseph Zoderer geprägt hat. Er hat Südtirol eine Stimme gegeben voller Zuneigung, voller Kraft, aber auch immer kritisch, provozierend und unbequem. »Der Himmel über Meran« zeigt ihn auf dem Höhepunkt seines Könnens.

»Einer der eigenständigsten Erzähler unserer Zeit und zugleich schon ein Klassiker.«
Italo Alighiero Chiusano, LA REPUBBLICA

Joseph Zoderer wurde in Meran geboren und lebt als freier Autor im Pustertal/Südtirol. Er veröffentlichte u.a. ›Die Walsche‹ (1982), ›Das Glück beim Händewaschen‹ (1982), ›Lontano‹ (1984), ›Dauerhaftes Morgenrot‹ (1987), ›Das Schildkrötenfest‹ (1995) und zuletzt ›Der Schmerz der Gewöhnung‹ (2002). Zoderers Werk wurde mit internationalen Preisen ausgezeichnet. 2001 erhielt er die Ehrengabe der Deutschen Schillerstiftung in Weimar, 2003 den Hermann-Lenz-Preis und 2005 den Walther-von-der-Vogelweide-Preis.

Joseph Zoderer

Der Himmel über Meran

Erzählungen

Fischer Taschenbuch Verlag

Veröffentlicht im Fischer Taschenbuch Verlag,
ein Unternehmen der S. Fischer Verlag GmbH,
Frankfurt am Main, August 2007

Lizenzausgabe mit freundlicher Genehmigung
des Carl Hanser Verlages München Wien

Satz: Pinkuin Satz und Datentechnik, Berlin
Druck und Bindung: Clausen & Bosse, Leck
Printed in Germany
ISBN 978-3-596-17347-1

Der Himmel über Meran

Wir gingen

Mein Bruder wurde in Lackschuhen von den Onkeln und der Tante zum Zug gebracht, mit dem wir wegfuhren, und in diesen schwarzen Lackschuhen, die er immer an den Füßen der eleganten Kurgäste bewundert hatte, fror er, als wir über die Grenze, über den Brennerpaß, »heim ins Reich« gebracht wurden.

Wir waren die Kinder eines ehemaligen Hotelhausmeisters, also Hotelschuhputzers und später dann entlassenen Hilfskurgärtners.

Wir waren die Dummen, die glaubten, das Richtige zu machen, weil die meisten um uns herum im Lande so redeten. Und aus einigen von diesen wurden später auch gut funktionierende Henker oder vaterlandsliebende Mörder.

Ich höre meinen Vater schreien: Ich hab einen Bock

geschossen! Ich weiß nicht, warum dieser Satz in meinem Kopf zurückblieb, einer von den wenigen Sätzen meines Vaters, an die ich mich erinnere. Ich höre meinen Vater aufschreien und höre diesen Satz und sehe eine braune Kommode mit Schubläden, sehe meinen Vater und dieses Möbelstück, das nichts mit diesem Satz zu tun haben konnte, sehe keine Zimmerwand und keinen anderen Gegenstand, sehe auch keine andere Person, obwohl wahrscheinlich andere Personen – meine Mutter, meine Geschwister – Vaters Publikum gewesen sein müssen, denn mir Vierjährigem wird er diesen Satz nicht entgegengebrüllt haben, und ich kann mich nur an diese gebrüllten Worte erinnern, an keine Gesichter, nicht an das Gesicht einer Schwester oder des Bruders, nicht an das Gesicht meiner Mutter, auch an keinen anderen Satz, der von meinem Vater oder jemand anderem noch gesagt worden wäre. Ich hab einen Bock geschossen: Diesen Satz trug ich mit mir durch das Leben, ohne mich die längste Zeit nach seinem Sinn zu fragen. Er beschwerte mich nicht, dieser Satz, eigenartigerweise vergaß ich ihn aber auch nicht. Irgendeinmal als Erwachsener verstand ich ihn, ging mir der Sinn dieses Satzes auf, mein Vater war ja nie ein Jäger gewesen, und wenn er einen Bock geschossen hatte, so meinte er damit einen schweren Irrtum, der ihm passiert war, in den er mit uns hineingerannt war: die Option für Deutschland.

Mein Bruder erzählte mir Jahrzehnte später, wie sehr der Vater diese Entscheidung bereut habe, wie groß die Enttäuschung gewesen sei, wie unglücklich der Vater und die Mutter in der Fremde, in der damaligen Ostmark des Reiches, in Graz gewesen seien.

Ich habe immer geglaubt, eine schöne Kindheit gehabt zu haben. Bevor mir einer der vielen Bombenangriffe einfällt, erinnere ich mich der verstaubten Brennesseln am Flußufer der Mur, die den Sommer heiß und alt machten. Nie gingen wir in diesen Fluß baden, das kalte Wasser schoß dahin und erschien uns schwarz und unergründlich tief, auch konnten wir nicht schwimmen, aber die Steine waren groß und glatt, und dazwischen lag kiesiger Sand, das Wasser kam von irgendwoher und floß irgendwohin; zum Fluß gehen war wie zum Bahnhof gehen und den abfahrenden Zügen nachsehen. Im Sommer waren wir immer barfuß unterwegs. Ich war nicht unglücklich, ich war ein Kind, ich war bewußtlos glücklich in Graz, fühlte mich wohl in der Fremde, die für mich zur Heimat wurde, ich wußte mit vier Jahren nichts von der Option, es ist mir, als hätte ich dieses Wort als Kind nie gehört, obwohl ich mir heute sage, daß zu Hause immer davon geredet worden sein muß, in Meran vor und nach der Abstimmung und in Graz während und nach dem Krieg.

Ich habe unter der Option nicht gelitten, vielleicht unter den Folgen, von denen ich als Kind nicht wissen konnte, daß sie Folgen einer politischen Entscheidung meines Vaters waren. Wir waren unerwünscht, sagte mir später mein Bruder, in Graz waren wir Eindringlinge. Wir waren Verräter, sagte mein Bruder, für die steirischen Patrioten waren wir Verräter, weil wir die Heimat verlassen hatten, weil wir deutsche Erde den Italienern überlassen hatten, und jetzt nahmen wir den steirischen Heimatbesitzern Arbeitsplätze weg und Wohnungen, wir wurden Katzelmacher, Spaghettifresser.

Ich verlor meine Freunde, erinnerte sich mein Bruder, der noch nicht fünfzehn war, als wir ins Dritte Reich auswanderten; alle seine Freunde habe er in Meran zurücklassen müssen, auch seine Lehrstelle, auf die er nur zehn Monate hatte stolz sein können, obwohl er ganz am Anfang vielleicht sogar ein wenig begeistert gewesen sei von der Aussicht, reisen zu können, in eine fremde Gegend unter ganz andere Menschen zu kommen, ganz anderes als bisher erleben zu können, und versprochen sei ja vieles geworden, das Blaue vom Himmel, das Paradies, aber zuletzt hätte er nichts mehr davon haben mögen und nur daheim bleiben wollen bei den Freunden in Meran, so daß ihn die

Onkeln und die Tante zum Bahnhof hätten bringen müssen, sozusagen eskortieren, kurz vor der Abfahrt hätten sie, die nicht deutsch, sondern italienisch optiert hatten, ihn dem Vater auf dem Bahnsteig übergeben.

Ich kann mich nicht erinnern, jemals in Graz das Wort *Heimatverräter* gehört zu haben, vielleicht einmal *Katzelmacher* im Streit, wenn wir, meine Freunde und ich, uns rauften, vielleicht dann: *Katzelmacher*, so wie ich sie *Mostschädel* nannte, frei nach dem damals beliebtesten steirischen Getränk, dem vergärten Apfelmost. Immer hatte ich Freunde, nur in meiner Geburtsheimat fehlte ich, als heranwachsendes Kind, und so habe ich heute eine Heimat ohne Kindheitsfreunde, aber eine Heimat ohne Kindheitsfreunde ist eine halbe Fremdheit. Die längste Zeit meines Lebens habe ich das nicht bedacht, wußte ich nicht, wie wichtig Kindheitsfreunde sein können. Ich gewann Freunde in der Fremde, und deshalb träume ich noch heute von diesem Niemandsland, von dort, wohin ich glaubte zu gehören, wo meine Freunde herstammten, und lange merkte ich nicht, daß ich nicht dorthin gehörte, wohin meine Spielkameraden selbstverständlich hingehörten, und da wir nach dem Krieg wieder zurückzogen in die frühere Heimat, die für mich etwas Unbekanntes war, verlor ich auch meine Kindheitsfreunde aus der Fremde. Ich weiß heute nicht einen einzigen ihrer

Familiennamen, ich erinnere nur einzelne Vornamen und Kindergesichter, und ihre Kindergesichter gibt es nicht mehr, ich könnte keinen Freund aus meiner Kindheit wiedererkennen, vielleicht bin ich an einem schon vorbeigegangen.

Als mein Vater auf dem Meraner Bahnhof stand, um mit uns wegzufahren für immer, trug er den Mantel seines Bruders, eines Priesters, einen schwarzen Mantel mit einem Samtkragen, ich erinnere mich nicht daran, aber mein Bruder beteuerte später, daß es der gleiche Mantel gewesen sei, den ich gekannt hätte, solange Vater lebte, Vaters Sonntagsmantel, damals auf dem Meraner Bahnhof war ich erst vier. Ich weiß davon fast nichts mehr, ich sehe weder mich noch meine Mutter und auch meinen Vater nicht auf dem Meraner Bahnhof stehen, und niemand weint und niemand schreit auf mich ein, niemand streichelt mich, ich sehe mich selbst nicht; mein Bruder erzählte mir später, ich hätte an diesem Jännermorgen kurze Hosen getragen und Wollstrümpfe, er mit seinen vierzehn Jahren aber lange Hosen, erdbraune Lodenhosen, von der Tante genäht, und Mama habe schon damals den knöchellangen Wollmantel gehabt mit den milchhellen Karos und den kakaobraunen Streifen, in dem sie wenige Jahre darauf mit uns in die Luftschutzkeller geflüchtet war.

Keine Aufregung in meiner Erinnerung, überhaupt nichts von einem Bahnhof, kein hin und her laufender Vater, keine Nervosität, keine Fragen, wo mein Bruder geblieben sei. Vielleicht hat mein Bruder seine Erinnerung verschönert, vielleicht hatte ihn die Aufregung nur innerlich geschüttelt, und er stand am Bahnhof zwischen Onkeln und Tante reiselustig lächelnd oder vor Kälte und Abenteuerangst bebend, und unsere Verwandten beneideten uns möglicherweise um das Neue, um die Fremde, um das versprochene Paradies, in das wir fuhren, ich weiß es nicht.

Ich fragte meinen Bruder Jahrzehnte später: Warum hast du dich nicht in ein Klo eingesperrt? Wenn du nicht wegfahren wolltest von deinen Freunden?

Ich hätte mir meinen Bruder gerne hinter einer Bretterwand hockend vorgestellt, zusammengekrümmt, ein Bündel Widerstand, wutkauend. Aber er erinnerte sich an kein Klo, an keine Wand, hinter der er sich versteckt hätte.

Ich wünschte mir, er hätte mir von den grauen Holzfasern der Bretterwand erzählen können, auf die er in der Dunkelheit seines Verstecks gestarrt habe. Doch er hatte sich vor nichts in Sicherheit gebracht, er wußte nichts von grauen Holzfasern einer Bretterwand.

Wir waren besitzlose Leute, wir fuhren ohne Möbel,

wir hatten alles, was wir mitnahmen, in einigen Kisten und Schachteln verpackt, sagte mein Bruder. Wahrscheinlich fiel es meinem Vater nicht leicht, vor der Abreise die Möbel zu zerhacken, die er zur Hochzeit gekauft hatte, die Schränke und Bettgestelle, die wir von Anfang an gehabt hatten. Ich glaube, daß uns niemand auf dem Meraner Bahnhof in den Zug gestoßen hat, höchstens mich, vielleicht hat mich, der ich der Kleinste und Jüngste war, meine Mutter oder mein Vater über die Eisentreppe hinaufgehoben, oder vielleicht war ich im Gegenteil erpicht darauf, mit eigener Kraft den Zug zu erklimmen. Meine Mutter muß damals den Mantel schon stark gebauscht gehabt haben, einen gewölbten Bauch; wenn ich zurückrechne, war sie im sechsten Monat mit meiner jüngsten Schwester schwanger.

Warum aber fuhren wir überhaupt weg von dieser Geburtsheimat, warum flüchteten wir aus einem Land, wohin schon seit Jahrzehnten die Fremden aus aller Welt zu ihrem Vergnügen hinreisten?

Ich habe zu spät zu fragen angefangen, ich habe nicht mehr viel erfahren können; als ich zu fragen anfing, lebten sie alle nicht mehr, die ich hätte fragen wollen. Ich konnte nur mehr meinen Bruder fragen, meinen Bruder als vage Wissenden, ich als einer, der bis dahin nichts von seiner Vergangenheit und seinem Herkommen hatte wissen wollen. Ich habe gefragt und mir erzählen lassen, denn nur weniges, Unwichtiges, war mir selbst im Gedächtnis geblieben aus Meran: aufgeschichtete Holzscheite an der Hausmauer, ein Brunnentrog, wo ich meiner Mutter und meiner ältesten Schwester beim Wäschewaschen zuschaute, die Finsternis des Hausganges, von wo ich einmal in der Nacht Schreie hörte …

Aber auch mein Bruder hatte sich erst allmählich daran gewöhnen können, gefragt zu werden von mir, dem viel Jüngeren, er war in seinen Antworten immer zögernd wie ein Aufgeschreckter, so wie ich in meinen Fragen mich nur vorzutasten wagte, um ihn und mich nicht zu verletzen, wir stammelten uns in eine Art unnötige Lebensrechtfertigung hinein, trotzdem war es bei vielen Fragen so, als wäre ich ein Ankläger, ich, und mein Bruder verteidigte, ich weiß nicht was, vielleicht die Familienehre oder den Respekt vor unseren Eltern, oder den Selbstrespekt, obwohl: Was hätte es zu verteidigen gegeben?

Weißt du irgend etwas … darüber? Weißt du irgend etwas … davon? Immer wieder setzte ich so mein Fragen an. Ich wollte plötzlich alles wissen, bedrängte meinen Bruder, wollte ihn geradezu zwingen, mir alles zu sagen, was er unmöglich wissen konnte. Und ich erfuhr fast nichts, erfuhr kaum das, was ich wissen wollte, ich erfuhr keine Empörung, erfuhr nichts von einer Katastrophe, die diese Option doch, nachlesbar in den Geschichtsbüchern, gewesen ist. Haben sie gelitten? habe ich gefragt, haben sie sich gewehrt? oder kam das alles über Nacht und war aufregend für dich, Bruder, ein Kindheitsabenteuer?

Mein Vater war österreichischer Kaiserschütze gewesen, drei Jahre lang im Dolomitenkrieg gegen die Italiener. Zuvor hatte er in der Stube seines Vaters, eines Schneiders, wie sechs andere seiner Geschwister, Stoffe zugeschnitten und genäht, als Lehrling, um einmal Trachtenschneider zu werden, Schneider von Tiroler Heimatanzügen, spezialisiert auf die Heimatuniform der Meraner Gegend. Aber nach dem Krieg, dem Ersten, war er zu alt, um die Lehre abzuschließen, und außerdem hatte die Stube seines Vaters im letzten Stock eines Mietshauses weder Platz noch Arbeit für mehr als zwei Schneider, und da waren schon zwei Geschwister an der Nähmaschine und am Bügeltisch.

Wer nicht selbst Haus oder Hof oder ein Geschäft hatte, mußte einen Dienstplatz finden. Damals florierte Meran als Weltkurort. Und wir, die anderswo zu dieser Zeit in Fabriken gesteckt worden wären oder unter die Erde zu irgendeinem Bergabbau, wir wurden Hausmeister oder Zimmermädel oder Küchenpersonal.

Damals, erzählte mein Bruder, damals sei es uns gut gegangen. Wir wohnten über dem Bahnhofsrestaurant von Algund, wo nur die langsamsten Lokalzüge hielten, am Rande von Meran, damals, sagte mein Bruder, verdiente unser Vater gut. Er hielt sogar in gebastelten und in gekauften Käfigen bis zu dreißig Vögel, die meisten selbst gefangen, auf Leimruten, aber er verkaufte sie nicht, meine Mutter hatte die Küche voller Vogelbauer, die sie alle reinigen und mit Futter und Wasser versorgen mußte, wenn mein Vater in irgendeinem Hotel die Schuhe der Gäste glänzte oder einen Speisesaal bohnerte. Er sammelte die Vögel, sagte mein Bruder, wie andere Briefmarken, nur mit dem Unterschied, daß er sie alle mit Namen anredete und ihnen alles, was er von ihnen wußte und manchmal auch einiges von sich selbst, ununterbrochen vorsprach, doch im Frühling, wenn er sich auf die Sommersaison in einem Berghotel vorbereitete, ließ er sie an irgendeinem Morgen, den meine Mutter nie hätte voraussagen können, frei, er trug, erzählte mein Bruder, die Vogelkäfige zur Balkontür hinaus und öffnete die kleinen Gittertüren und ließ auch das äußerst seltene Blaukehlchen frei, für das er Monate zuvor einen ganzen freien Tag und sogar eine Nacht in einem Strauchwald kauernd verbracht hatte.

Meinem Vater hatten drei Monate zur Volljährigkeit gefehlt, als er meine Mutter aus der Küche des Hotels heiratete, wo er Laufbursche oder Hausmeister war. Er mußte die amtliche Erlaubnis einholen beim italienischen Gemeindesekretär, den Zettel mit dem sogenannten *permesso*; meine Mutter war um ein Jahr jünger, auch sie brauchte den Ausnahmeschein. Als meine Eltern heirateten, war es Mai, der dritte Mai, eine Woche zuvor waren ein paar Lastwagen mit Faschisten nach Bozen geschickt worden, und die Schwarzhemden hatten mit Handgranaten und Revolvern einen Trachtenzug überfallen und ein Blutbad unter diesen tirolerisch gekleideten Männern, Frauen und Kindern angerichtet, ein halbes Hundert Verletzte lagen am Boden und ein toter Lehrer namens Franz Innerhofer.

Der Vater habe bestimmt darunter gelitten, meinte mein Bruder, daß sich die Italiener wie Sieger aufführten, er, der als noch kaum Erwachsener an der Dolomitenfront im Ersten Weltkrieg gekämpft hatte bis zum Waffenstillstand, und gewiß habe ihn geärgert, daß die Italiener, die während des Krieges keinen Kilometer Tiroler Bodens eroberten, sich nach dem Waffenstillstand als Helden gebärdet hätten, nachdem sie ohne einen Schuß der Gegenwehr bis nach Bozen, ja über den Brenner bis nach Innsbruck marschiert wären, darüber habe sich der Vater noch lange aufregen können. Und vielleicht habe er deshalb auch in den ersten Jahren nach dem Krieg mit Gleichgesinnten das eine und andere unternommen, aber sicher nur bis zur Heirat, und nicht mehr danach; solange er ohne Familie gelebt habe, sei der Vater wahrscheinlich, sagte mein Bruder, dafür zu haben gewesen, sich zu wehren gegen »die von unten«, die Italiener.

Er hatte immer gut verdient als Hausmeister, sagte mein Bruder, aber je mehr die Faschisten die Macht und damit die Leute in den Griff bekamen, desto mehr verlor Meran und das ganze Land an Reiz für die Luftkurgäste aus dem Ausland, und immer mehr Hotels mußten schließen, und der Vater wurde arbeitslos. In die Fabriken, die der Duce auf die niedergewalzten Obst- und Weinäcker hinsetzen ließ, zogen die »Walschen«, die Italiener, ein, aus dem Veneto, aus Ligurien, vom südlichsten Stiefelabsatz wurden sie heraufgelockt und kamen immer noch an und nahmen die Heimat weg. Die Faschisten sprachen nur italienisch, also waren die Italiener und die Faschisten ein und dasselbe, sie zerstörten mit den Fabriken den Heimatboden, und sie verboten die deutsche Sprache, es war strafbar, öffentlich deutsch zu sprechen, es gab keine deutschen Schulen mehr, meine Eltern redeten mit meinen Geschwistern und später natürlich auch mit mir, hinter den eigenen vier Wänden, deutsch, im Haus, in der Küche, im Schlafzimmer sprachen wir deutsch, aber auf der Straße durfte uns niemand dabei erwischen, durfte kein Faschist uns deutsch reden hören, dabei hätten wir gar nicht italienisch sprechen können, ja, ein wenig radebrechend, ein Kauderwelsch brachten meine Mutter und mein Vater zuwege, und auch meine älteren Geschwister, doch untereinander so komisch zu reden, hätte uns ununterbrochen zum Lachen gereizt. Und es gab nur die italienische Sprache, in der mein Bruder und meine älteste Schwester schreiben und lesen lernen konnten, es gab nur die Schule der Faschisten, öffentlich und staatsverordnet, aber geheim gab es freilich noch eine Art Katakombenschule, das war das Deutsch der Religionsstunden im Pfarrhaus, dort versammelten sich die Kinder und lernten Gott auf deutsch suchen und die Lebensregeln eines Christen auf deutsch, und das war: wie denkt ein Tiroler, wenn er fühlt. Und: wie spricht er das aus. Das lernte er in einer Kindergartensprache, in der illegalen Sprache von oft deutschnational gesteuerten Eiferern, aber auch von sogenannten heimatbewußten Idealisten.

Die Bauern hatten ihre Arbeit, und die Handwerker hatten ihre Arbeit, und die Geschäftsleute hatten ihr Geschäft, aber die deutschen Arbeiter und die kleinen Angestellten waren arbeitslos, denn in den Fabriken kommandierten die Faschisten und in den öffentlichen Ämtern erst recht, jede öffentliche Stelle wurde von den Faschisten vergeben, sei es bei der Post oder bei der Bahn oder bei der Müllabfuhr.

Und so fragte unser Vater seinen Bruder, den Ordenspriester, um Rat, und er, der einstige österreichische Kaiserschütze, ließ sich überreden, wurde Parteimitglied der Faschisten und bekam ein schwarzes Hemd und wohl auch Stiefel, aber getragen, sagte mein Bruder, hat er die Uniform nie, die habe er in den Kleiderkasten gehängt, und dort sei sie geblieben.

Ich bin in einer brotarmen Zeit geboren, mein Vater war arbeitslos, als er mich zeugte, er ging betteln, jahrelang war mein Vater rund um Meran von Bauernhof zu Bauernhof betteln gegangen, man weiß ja, wie viele Stunden ein Tag hat und wie viele Tage ein Jahr, er war für uns Kinder betteln gegangen, durch die Obstwiesen und die Rebenhänge hinauf, dort, wo seine Kurgäste einmal herumspaziert waren. Er ging, sagte mein Bruder, immer allein, er nahm keines der Kinder mit, vielleicht nahm er keines mit, weil er uns etwas ersparen wollte. Er zog mit unserem Hund, einem kleinen weißen Bastard von Spitz herum, einmal oder zweimal, erzählte mein Bruder, hat ihn der Vater auch gegen ein Stück Speck eingetauscht, aber Titti, so hieß der Hund, fand jedesmal den Weg zu uns zurück. Mein Vater verstand zu lachen, ich habe ihn oft vor sich hin lachen gehört, mit der Faust vor dem Gesicht.

Sie haben gelitten, niemand hat sie damals danach gefragt, es war wohl auch das, was sie, wie nichts anderes, gewohnt waren: die Köpfe einziehen, und wenn sie unter sich waren, hoben sie wieder die Köpfe, und vielleicht waren sie auch stolz voreinander, und bestimmt hatten sie es nicht leicht, sich in die Arme zu fallen.

Mit dem Parteiausweis der Faschisten bekam mein Vater eine Stelle als Hilfsgärtner der Stadtgärtnerei, und nach drei Jahren Arbeitslosigkeit, Bettelei und Herumstehen wurde ihm wieder regelmäßig ein Wochenlohn ausgezahlt. Er reinigte nicht nur die Parkanlagen, er pflanzte auch die Mussolini-Pappeln links und rechts der neuen Straßen im Kasernenviertel und rings um den Pferderennplatz.

Der Vater war kein Nazi und schon gar nicht ein Faschist, sagte mein Bruder, aber wir waren damals vier Kinder zu Hause, und es gab für ihn nur Arbeit mit einem Parteibuch, und sein Bruder, der Priester, hatte ihm geraten, er solle den Kopf ein wenig niedriger tragen. Mein Vater war kompromißbereit, er wurde ein Mitläufer und ich zum Sohn eines Mitläufers.

Früher aber noch als mein Vater, ein oder zwei Jahre früher, sind mein Bruder und meine älteste Schwester in eine Parteiorganisation des Duce eingetreten. Sie wurden *Balilla*, Mitglieder der faschistischen Jugend, und mein Bruder paradierte in der Turnstunde und bei Feiern mit geschultertem Gewehr.

Einem richtigen Gewehr? fragte ich fünfzig Jahre später.

Ja, mit einem richtigen, so gemacht, daß Kinder es tragen konnten.

Hat man damit schießen können?

Ja, aber wir haben nie geschossen, wir sind damit nur herummarschiert, und nach dem Aufmarsch haben wir es abgegeben im *Balilla*-Haus.

Aber warum war mein Bruder mit einem Gewehr der Faschisten durch die Straßen paradiert?

Die Lebensmittelgeschäfte, der Bäcker, der Milchladen, sie alle hatten ihre Namensschilder wechseln müssen, plötzlich hieß es nicht mehr *Gemischtwaren*, sondern *Alimentari* und *Pane e latte*. Doch daheim redeten wir alle wie eh und je im Tiroler Dialekt über die Italiener als die Fremden, ohne Abneigung, wenn auch ohne Zuneigung. Obwohl arm, sagte mein Bruder, waren wir von hier, die Italiener aber nicht.

Warum und wie er trotzdem unter die faschistischen *Balilla* geraten sei? Das habe mit der Arbeitslosigkeit des Vaters zu tun gehabt, sagte mein Bruder, und ich fragte verwundert: wieso das?

Mit elf Jahren sei er eingetreten, da habe sich der Vater noch nicht soweit erniedrigen können, sei den Faschisten aus dem Weg gegangen, sei noch mit dem Kopf aufrecht betteln gegangen, aber er habe nichts dagegen gehabt, daß sie, die ältere Schwester und er, in der Schule auf Anraten der Lehrerin *Balilla* geworden seien, wie die meisten anderen auch oder auf jeden Fall wie alle armen Schlucker der Schule.

Was war das für eine Lehrerin?

Wir haben eine Italienischlehrerin gehabt für alles, sagte mein Bruder.

Und die sei nett zu ihnen gewesen, denn bei den *Balilla* zu sein, habe für sie, die Schwester und ihn und schließlich für die ganze Familie bedeutet, daß die Schulhefte, überhaupt alles Schreibzeug gratis geliefert worden seien, und darüber hinaus: Hosenstoff, ein Hemd, Kleider, Wäsche, ein Paar Schuhe, und daß es die *Befana* gegeben hätte, also die Weihnachtsbescherung auf Staatskosten. Wenn ein *Balilla* in Not gewesen sei, d.h. auch seine Familie, sei er zur Lehrerin, zur italienischen, gegangen, und die habe hinter dem Klassenpult einige Zeilen auf ein Papier gekritzelt, und damit habe man im Amt – ob Gemeindeamt oder Parteilokal, wisse er nicht mehr – einen Gutschein einlösen können, einen *Bono*, und damit hast du in ein Geschäft gehen und zum Beispiel ein Paar Schuhe kaufen können. Ich kann dir, erinnerte sich mein Bruder, noch heute das Geschäft zeigen, wo ich mir ein Paar Schuhe habe aussuchen dürfen, und ich weiß noch, wie viel sie gekostet hätten: Zwanzig Lire, aber mit dem Gutschein gar nichts.

An zwei, manchmal an drei Abenden in der Woche, gingen auch mein Bruder und meine ältere Schwester ins Pfarrhaus, um die zehn Gebote auf deutsch schreiben zu lernen. Doch so wichtig war das ja nicht in einer Arbeiterfamilie, wo es wichtiger war, daß man heimkam, hinter die Tür trat, denn erst hinter der Tür begann die wirkliche Heimat: ausruhen, von keinem Capo angeschrieen werden, und endlich vertraut sein, und auch zu essen gab es immer etwas: Polenta mit Käse oder Milch, Schmarren mit Apfelmus, Milchreis, Buchweizenmus oder Erdäpfel mit saurer Milch.

Sogar die deutschen Grabinschriften wurden auf den Friedhöfen verboten, aber davon habe er nicht viel bemerkt, sagte mein Bruder, hingegen seien in seiner Schulklasse etliche italienische Arbeiterkinder gewesen, und mit denen hätte er nie Probleme gehabt, sagte er. Einige von ihnen konnten wie wir auch nie zum Maiausflug mitfahren, da mußte man Geld haben, wir blieben in der Schule, und das wurde immer ein Tag, an dem wir unter uns waren, erinnerte er sich, es passierte nicht viel, aber es war ganz anders als sonst, schöner.

Ungefähr zu dieser Zeit hatte der Abessinienkrieg begonnen, Mussolini wollte das Römerreich wieder erstehen lassen, von Afrika bis in den Norden der Alpen. Und jeder Meter eroberter Wüstensand wurde von den Faschisten auch in Südtirol an allen Plakatwänden gefeiert. Gleichzeitig feierte Hitlers Deutschland seine ersten großen Erfolge, Österreich war angeschlossen, die Saar und das Sudetenland heimgeholt, die Wirtschaft blühte auf.

Im Sommer, bevor Hitler in Polen einfiel und der Zweite Weltkrieg begann, lief bei uns die Options-Propaganda an. Viele trugen nun weiße Kniestrümpfe, ihre »Stutzen«, die meisten arbeiteten und aßen und legten sich zu Bett, die meisten fühlten sich gedemütigt und von Fremden unterdrückt, kaum einer wollte Stiefel anziehen.

Und eines Tages, oder es war wohl am Abend nach der Arbeit, kam Vater, fragte ich meinen Bruder, bei der Tür herein und sagte, daß dieses Südtirol auf die Krim oder in die Tatra, nach Polen oder ins französische Burgund versetzt wird? War das aus heiterem Himmel oder über Nacht verkündet worden? Dieses Abstimmen, ob deutsch oder italienisch? Daß die Bäume abgezählt wurden, daß die Hügel abgezählt wurden, daß man ein ganzes Land austauschen wollte, die Heimat mit abgezählten Bäumen in die Fremde versetzen? War das über Nacht gekommen?

Der Vater habe wenig geredet, sagte mein Bruder, du weißt selbst, wie wenig er geredet hat.

Also, die Tür zu unserer Parterrewohnung in Meran ist nicht aufgeflogen, und im Türrahmen stand nicht unser Vater mit hochgehobenen Armen und schrie: wir sind verkauft! Auch nicht: wir sind verraten! Auch nicht: hurra, wir gehen weg!

Einige wenige im Lande hatten es jäh genug erfahren, was zwischen Berlin und Rom ausgehandelt worden war, einige Monate bevor der Zweite Weltkrieg begann, einige sogenannte Führende Köpfe wußten, was wir nicht wußten. Leute, die in Parterrewohnungen ohne Bretterboden schliefen wie wir, wurden von den Propagandisten der Nazis und der Faschisten aufgeklärt, eingeseift, auf den Leim gelegt. Da hieß es nicht: Abwandern oder Dableiben.

Da hieß es nicht: Wenn du deutsch bleiben willst, ein Tiroler, mußt du gehen, und wenn du italienisch wählst, kannst du daheim bleiben.

Es hieß nicht: Die Heimat bewahren und deshalb für Italien wählen, auf dessen Staatsgebiet die Heimat nun gerade lag. Es hieß nicht: Daheim bleiben in Italien oder die Heimat verraten, sie verlassen, und also fürs deutsche Großreich wählen.

Es hieß nicht, wie es hätte heißen sollen: Die Heimat

behalten und deshalb italienisch optieren mit einem weißen Zettel, oder die Heimat verlassen, sie verraten und deutsch optieren mit einem orangenen Zettel.

Nein, es hieß: Deutsch bleiben oder Italiener werden.

Und so wurde es an Ecken und Enden von den Nazis und ihren Helfern in die Köpfe gehämmert. Es waren nicht viele, die dem widerstehen konnten, und jene, die es konnten, wurden mit Jauche übergossen, wurden als Verräter beschimpft, als Walsche, den Bauern, die den Ort, wo ihre Vorfahren auf dem Friedhof lagen, nicht im Stich lassen wollten, wurden die Haustüren mit Scheiße beschmiert, wurden die Fenster eingeschlagen, die Hunde vergiftet. Und viele Heustadel brannten ab.

Was kapierte mein Vater von diesem ganzen Handel, von dieser Großmacht-Paktelei zwischen Hitler und Mussolini: Ich, Hitler, hole die Leute aus dem Land an die Front und in die Fabriken, und du, mein Kriegsfreund Mussolini, kannst dafür Südtirol für immer behalten – was kapierte mein Vater davon? Konnte er das durchschauen?

Das bleiben, was er war – oder ein Fremder werden, ein Italiener, ich glaube, das war die Wahl, wie er sie verstand: Deutsch bleiben oder Italiener werden? Diese Frage, diese Wahl war schon das Fremdsein.

Fast alle, sagte mein Bruder, haben deutsch optiert, um klarzumachen, was man sein oder bleiben wollte. So haben die Propagandisten ja auch geredet: Zeigt der ganzen Welt, was ihr sein wollt! Und alle glaubten, daß der Führer dann verstehen werde, was er zu tun habe: dieses Südtirol nicht zu verkaufen.

Der Vater hatte also nicht gezaudert, nie gezweifelt, wie oder für was er sich entscheiden sollte? fragte ich.

Nein, sagte mein Bruder, fast erstaunt über meine Frage, denn deutsch optiert hätten fast alle, zu achtzig oder mehr Prozent, aber nicht, weil sie das Land hätten verlassen wollen, sondern um unmißverständlich zu machen, daß wir nicht Italiener sind.

Du sprichst in der Mehrzahl, sagst »wir«, damals warst du noch nicht fünfzehn.

Mit einem Vierzehnjährigen hat man damals nicht diskutiert, ich hatte kein Recht, ja oder nein zu sagen, selbstverständlich habe ich mich deutsch gefühlt, aber für mich war es schwer, meine Freunde zu verlieren und irgendwohin wegzugehen, entschieden hat nur der Vater.

Und mein Vater, der die Faschistenuniform im Kleiderschrank hängen hatte, war also ohne Zögern zum Abstimmungslokal gegangen und hatte den orangenen Zettel für das Deutschsein abgegeben. Er glaube, sagte mein

Bruder, unser Vater habe das im Bewußtsein gemacht, daß wir damit befreit würden. Von was? fragte ich.

Von einer Unterdrückung, von einer Erniedrigung, sagte mein Bruder, oder wie man das nennen soll, von einer Knechtschaft, von den Italienern.

Und daß man deswegen auswandern mußte, weggehen von der Heimat?

Beim Abstimmen, beim Optieren hat man nicht daran gedacht, sagte mein Bruder, auf jeden Fall nicht in erster Linie daran gedacht. Das mit dem Auswandern sei erst danach wichtig geworden.

Nach der Option wurde mein Vater als Hilfskurgärtner entlassen, von der italienischen Stadtverwaltung. Der Vater habe das schon vor der Abstimmung gewußt, sagte mein Bruder. Die Verwandten, Vaters Geschwister und deren Mutter, unsere Großmutter, hätten sich länger Zeit gelassen mit der Abgabe ihres Optionszettels, von September bis Jahresende sei ganz Südtirol wie an die Wand gestellt gewesen: so oder so! Aber zunächst hätten sie, unsere Verwandten, alle deutsch optiert, und erst im letzten noch möglichen Moment um-optiert, also ihre erste Wahl rückgängig gemacht. Das konnte man, war von oben in diesem Pakt zwischen Berlin und Rom vereinbart, und als der Vater nach seiner Option für Deutschland von den Italienern auf die Straße gesetzt wurde, beschlossen die Unverheirateten unter seinen Geschwistern, die deutsche Option rückgängig zu machen und italienisch zu wählen. Vaters Mutter sei ja sehr schwach und gehbehindert gewesen, und inzwischen seien die ersten Transporte schon abgegangen ins Reich, und irgendwie, sagte mein Bruder, habe man doch mitgekriegt, daß die bettlägerigen, älteren Menschen »draußen« keine Zukunft gehabt hätten, die Alten und die Krüppel, die haben sie, sagte mein Bruder, schnell einmal mit Injektionen behandelt, und aus. Daher habe ein lediger Onkel, einer von Vaters Brüdern, sogar den Familiennamen abändern lassen, um zwei Buchstaben, die zwei Buchstaben am Namensende, ein Buchstabe sei überhaupt verschwunden, und aus dem anderen, einem »r«, sei ein »i« geworden. Und damit habe er, der Onkel, seinen Arbeitsplatz bei der Kurverwaltung behalten können. Unser Vater sei hingegen wieder arbeitslos gewesen, und da er deutsch optiert hatte, war nun das Dritte Reich zuständig für die Arbeitslosenunterstützung. Und die Arbeitslosen haben sie schnell auf die Transportlisten gesetzt, sagte mein Bruder. Wer entlassen war und ohne Arbeit, der sei unter den ersten gewesen, die über den Brenner abgeschoben wurden.

Also unfreiwillig!

Niemand, sagte mein Bruder, ist unfreiwillig gegangen. Der Vater habe nur öfter den Satz getan: Hoffentlich müssen wir nicht nach Polen!

Nach Polen?

Die deutschen Truppen waren am ersten September neununddreißig in Polen eingefallen, der Zweite Weltkrieg hatte begonnen mit dem ersten Tag der Optionsfrist in Südtirol. Polen war wie bald darauf Burgund und die Krim als Siedlungsgebiet für die Südtiroler Volksdeutschen im Gespräch.

Meinen Vater bedrückte demgemäß der Gedanke, daß seine Familie nach Polen hätte verschoben werden können, also bedachte er auch oder bedachte er nicht?, daß dort, wo die neue Südtiroler Heimat entstehen sollte, bereits andere Menschen daheim waren, die hätten weichen, ihre Heimat hätten verlassen müssen für die Südtiroler Heimatlosen, nur weil die Polen die Besiegten, die Überfallenen waren und die Südtiroler zufälligerweise auf der Seite der Sieger, der Vergewaltiger? Eine Südtiroler Abordnung soll ja auch nach Burgund gefahren sein und die Weinlagen dort inspiziert haben.

Wußte davon mein Vater, der entlassene Hilfsstadtgärtner? Vielleicht teilte er den Gewinnlergeist? War diese Angst vor Polen nicht ein Zeichen der Mitwisserschaft, eine Art Komplizenschaft? Mein Bruder konnte mir keine Antwort darauf geben, auf keinen Fall hatte er

Zweifel, daß Vater nur Angst vor der Fremdheit in Polen und nichts anderes im Kopf gehabt hätte. Was Vater gedacht hatte, konnte er aber auch nicht wissen. Alle waren damals in Siegesstimmung: Deutschland marschierte und gewann, und man war Deutscher: War es nicht so, Bruder?

Der Vater habe sehr, wahrscheinlich für uns heute kaum noch vorstellbar, unter seiner jahrelangen Arbeitslosigkeit und all den Erniedrigungen gelitten, und auf einmal konnten die Italiener bei uns nicht mehr kommandieren, wie sie wollten, jetzt wurden sie kommandiert von den Deutschen, das war vielleicht eine Genugtuung, und man konnte jetzt wieder selbstverständlich essen, ohne zu zittern, ob am nächsten Tag noch etwas auf den Tisch komme, außerdem sei viel, sehr viel versprochen worden, die Nazipropagandisten hätten die Heimat geradezu fotografisch abzumessen versprochen, und deshalb hätten die Bauern, auch wenn die meisten von ihnen Deutschoptanten gewesen seien, die Auswanderung leicht hinauszögern können, weil der italienische Staat sie ja Baum für Baum habe entschädigen müssen. Doch die Arbeiter und die Angestellten, für die Deutschland habe zahlen müssen, für die seien die Züge sehr schnell über den Brenner gefahren.

Und wie er das erlebt habe, diese vier Monate von September bis Ende Dezember, dieses Gerangel und

Geschrei im Lande: Hier die Dableiber, die als Verräter und Walsche beschimpft wurden, und dort die Deutschoptanten, die sich als heimatbewußte Deutsche brüsteten?

Er, sagte mein Bruder, habe das nur irgendwie bemerkt, denn in dem Betrieb, in dem er seit wenigen Monaten sein erstes Lehrlingsgeld verdiente, hätten alle, angefangen vom Chef, deutsch optiert, auch wenn dieser schlauer gewesen sei als der Vater und nicht abwanderte: eben ein selbständiger Handwerker, aber gestritten habe sich niemand, alle seien sich einig gewesen, deutsch zu optieren.

Und du und deine Freunde?

Uns Jüngere hat das nicht interessiert, ist uns nicht so angegangen, unter uns hat keiner gesagt: Du bist ein Dableiber oder du bist ein Auswanderer.

Kannst du dir vorstellen, daß unser Vater Fenster eingeworfen, vor Haustüren hingeschissen hat?

Unser Vater hat wenige Leute gekannt, sagte mein Bruder, ich kann mir das nicht vorstellen, in der Stadt hat man das ja kaum gemacht, das haben die Leute gemacht in den Dörfern, die sich kannten, wir waren als Besitzlose in Meran auch Namenlose.

Und so sind wir abgefahren. In Innsbruck wurden wir nahe der Servitenkirche in einem Gasthaus auf der

Theresienstraße einquartiert, und da hockten wir herum auf Pritschen, und niemand wußte, was mit uns anfangen. Meine Mutter trug diesen langen Wollmantel mit den milchhellen Karos und den dunklen Streifen, und mein Vater angeblich diesen schwarzen Sonntagsmantel mit dem schmalen Samtkragen, mein Bruder fror in seinen gelackten Halbschuhen, meine Schwestern habe ich nicht vor Augen – und so, sagte mein Bruder, sind wir in diesem Gasthaus »Weißes Kreuz« herumgelegen, vier oder fünf Tage, auch auf dem Bretterboden, weil die Pritschen nicht für alle reichten, und endlich waren wir erlöst, als sie uns mitteilten, daß wir nicht nach Polen, sondern in die Steiermark nach Graz weiterfahren durften. Dort lebte bereits Onkel Toni, einer von Vaters Brüdern, der Firmpate meines Bruders, dem er noch immer die versprochene Firmuhr schuldig war.

Zwei Tage habe der Transportzug gebraucht, habe die Fahrt gedauert, sagte mein Bruder, die Mutter war im sechsten Monat schwanger, wir sind angekommen im Schnee und sind an Schneewächten vorbei, durch geschaufelte Schneekanäle zu einer Schule geführt worden, die in eine Art Auffanglager umgewandelt worden war. Niemand erwartete uns, niemand wußte von unserer Ankunft, nicht einmal Onkel Toni konnte wissen, daß wir statt nach Polen oder woandershin nach Graz kämen. Und auf jeden Fall hätte ihn niemand von uns verständigen können, er hatte kein Telefon, wir natürlich auch nicht, weder im Innsbrucker Gasthaus noch im Zug. Und überhaupt wußte niemand bis zum letzten Moment, sagte mein Bruder, wohin wir geschickt werden würden. Gleich am Bahnhof seien wir umzingelt und abgeführt worden. Sie waren nicht vorbereitet auf uns Südtiroler, sagte mein Bruder, sie waren nur vorbereitet auf Flüchtlinge aus dem Osten, wir bekamen unsere Pritschen auch tatsächlich zwischen Flüchtlingen, zwischen Balten und Polen. Dann nach mehreren Tagen haben sie uns in einen leeren Trakt des Priesterseminars eingewiesen, denn wir waren deutsche Staatsbürger, sagte mein Bruder.

Dort erst beginnt wieder meine Erinnerung, erst dort mit einem Gelächter meiner Geschwister, das ich nicht verstand, das mir aber gefiel, sie lachten, so erinnere ich mich, fast ununterbrochen, vielleicht, weil wir in diesem stillen Gebäude ständig von unseren nervösen Eltern angeflüstert wurden, und wir gingen irgendwie immer auf Zehenspitzen, wir schliefen zwischen den Bänken einer Schulklasse, was mich sehr stolz machte, und uns gehörte dieser Raum, der einen schwarzen Fußboden hatte, ganz allein. Wir schliefen und bewegten uns zwischen Schulbänken, und wir stießen uns beim Laufen an den Ecken der Schulbänke und kicherten und lachten, und da habe ich den Anfang des Schreiens gehört, als mein Vater immer wieder diesen Satz hinausbrüllte: Ich hab einen Bock geschossen.

Als Vater starb

In der Nacht, in der mein Vater starb, habe ich mich verliebt.

Ich sehe das kahle Zimmer des Meraner Krankenhauses vor mir, in dem er in einem Stahlrohrbett lag, ein schmales Zimmer, das er mit niemandem teilen mußte. Eine Todeszelle, wie mir heute bewußt ist. Damals kam ich aus meiner Studienstadt eigentlich nur zu einem Krankenbesuch, telegrafisch verständigt von meinem Bruder. Eine Sterbekammer, in die sie den Vater gebracht hatten, kein Privilegienzimmer, er war ja nur ein Dritte-Klasse-Patient, wie dies in den fünfziger Jahren noch galt für minimal Pflichtversicherte.

Es dauerte eine Weile, bis ich merkte, daß die Wände weiß waren, ein müdes Weiß, sonst nichts, kein Bild, kein Kalender, ja, ein schmalhölzernes Kruzifix, und die

Medizinen auf dem Nachtkästchen. Ich war mitten aus der Freude meiner Jugend, aus der Freiheit meines ersten Jahres außerhalb eines Instituts (zum ersten Mal ein eigenes Zimmer, natürlich in Miete) herausgerissen worden durch das Telegramm meines Bruders, herausgerissen aus dem aufregenden Alltag eines mir bis dahin ungewohnten Stadtlebens: ohne Zeitvorschrift aus dem Haus treten zu können, schon allein das! Und einbiegen in die nächste Gasse, zwischen den Häuserfronten zu flanieren, Leute ansehen, Frauen, schick gekleidete Mädchen, und hinter der nächsten Ecke sozusagen den Sommer des Mittelmeers riechen zu können, auch noch im späten Herbst zwischen den Standln des Bozner Obstmarktes. Alles konnte sein, alles war möglich, auch wenn Dantes Inferno zu analysieren, abschnittweise auswendig zu lernen war, aber vielleicht gerade deshalb – auch Ovids Metamorphosen waren zu übersetzen, teilweise zu memorieren und zu interpretieren. Erst recht war dies die Zeit, um abends in Hauseingängen herumzustehen, selten allein.

Ich kam meinen Vater zu besuchen, für eine Stunde oder auch zwei, doch dann wurden es zwei Tage und zwei Nächte, die ich in diesem engen Krankenzimmer verbrachte, auf einem Stuhl neben seinem Bett oder stehend am Bettende, oft auch vor dem großen Fenster, wenn sein

Schweigen wie Schlaf wurde. Tagsüber sah mein Bruder in der Mittagspause und nach Arbeitsschluß vorbei. Ich weiß heute nicht mehr, warum er wußte, daß diese Tage die letzten meines Vaters waren.

Ich war wie herausgeschnitten aus dem Kuchen meines Studentenalltags, was mir einerseits ein wenig gefiel, nämlich dieses ungekannte Anderssein, anderseits wehrte ich mich zunehmend gegen die Kahlheit dieser nicht hohen Zimmerwände und vor allem gegen das langzeitige Stummsein meines Vaters. Am Anfang erkannte er mich noch, lächelte sogar, und in Abständen bewegten sich seine Lippen, und ich verstand das eine und andere Wort –, mit diesen einzelnen Worten hatte ich die Stunden zu verbringen. Nicht daß ich immer wortlos dasaß oder herumstand, eigentlich redete ich viel, wenn auch nicht sehr laut, ich redete vor mich hin, als hörte mein Vater jedes Wort, aber die meiste Zeit hatte er die Augen geschlossen, obwohl er vor sich hin zu lächeln schien.

Wenn die Tür aufging, freute ich mich. Es war immer ein willkommener Einbruch in die Stille, ich konnte ja zeitweilig kaum atmen vor Traurigkeit. Mein Vater hatte mir und meinen Geschwistern in den hungrigsten Zeiten in einem Pappendeckelkoffer Kirschen gebracht, er hatte mir im Bachbett stehende Forellen gezeigt, er war mit mir allein einmal im Zug gefahren und an jenem Samstag bis zu einer Almhütte hinaufgestiegen. Trotzdem redeten wir jetzt nicht darüber. Wenn er überhaupt noch redete, fragte er nach Mutter und ob sie seine Vögel in den »Steigen«, die an der Küchenwand hingen, nicht nur mit Futter, sondern auch mit Wasser zum Baden täglich versorge.

Wenn die Tür aufging, war es mein Bruder oder ein Arzt, meistens aber eine Krankenpflegerin, die sich um das Trinken und Essen und um die Beruhigungsmedizin für meinen Vater zu kümmern hatte, um seinen Puls, seinen Blutdruck, sein Fieber und seinen Harn. Mein Vater war kein Esser mehr, aber er gehorchte, ließ es zu, daß ihm Flüssiges in den Mund gelöffelt wurde. Es gab geistliche Schwestern, die das machten, und zivile Pflegerinnen, die damals für einen Achtundvierzig-Stunden-Dienst (mit Ruhepausen in einem Abruf-Zimmer) zur Verfügung stehen mußten.

Ich weiß heute nicht einmal mehr mit Gewißheit ihren Namen, den sie mich aber oft auszusprechen veranlaßt hatte, dennoch weiß ich ihn nicht mehr, obwohl ich mir einbilde, daß er etwas Süßes und Bitteres zugleich verband. Wenn ich ihren Namen heute erfinden müßte, könnte ich mich am ehesten für Amara entscheiden, nein, nicht Tamara, sondern Amara hätte sie heißen können, aber ich glaube sie hatte einen sehr einfachen, leicht aussprechbaren Namen, vielleicht hieß sie Laura.

Sie begann ihren Dienst am Ende des zweiten Tages, den ich am Bett meines Vaters verbrachte. Und sie kam, schwebte wie die anderen grauen Fledermäuse ins Zimmer herein, mit dem beruflich und durch die Jahre jäh aufgesetzten Lächeln, verschwand, kam mit Medizinen, Tropfen, Tabletten oder zum Messen der Temperatur wieder, hob meines Vaters rechten Arm, zählte an ihrem Puls seine Herzschläge, kam und verschwand. Warum bemerkte ich sie überhaupt?

Mein Bruder holte mich auf den Gang hinaus, berichtete mir von dem Gespräch, das er eben erst mit dem Chefarzt gehabt habe, dem Primar der Medizinischen Abteilung. Und es war eine Schlußbilanz, ohne Hoffnung für meinen Vater. Auch wenn der zum Tode hin schlummernde Kranke uns vielleicht nicht mehr gehört hätte, redeten wir draußen und sogar einige Meter entfernt von der geschlossenen Tür seines Zimmers.

Ich sah sie plötzlich wirklich, dort draußen am Gang, während ihres lächelnden Vorbeieilens sah ich ihren Mund, klein und gewölbt, ein trauriges Wissen spielte mit der Oberlippe, die sich zum Lächeln hob. Vermutlich wußte sie da draußen auf dem Gang gar nicht, in welchem Krankenzimmer ich zu Besuch war, vielleicht lächelte sie, weil dies zu ihrem Beruf gehörte als Pflegerin, milde und liebevoll zu erscheinen. Aber ich verwechselte ihr Lächeln mit dem Penelope-Lächeln der Schauspielerin Silvana Mangano, die ich damals mit Herzklopfen auf den Kinoleinwänden suchte.

Mein Vater lag nicht in Agonie, jedenfalls nicht am ersten Tag, als ich zu ihm kam, er redete ja von Zeit zu Zeit mit mir, fragte einmal sogar nach meinen neuen Schulfächern Chemie und Physik, auch wenn sein Interesse eher von Vaterliebe als von Neugier getragen schien, weil er die Augenlider schloß, kaum daß er die letzte Frage gemurmelt hatte. Vielleicht schlief er dann schon, vielleicht aber hörte er mir trotz geschlossener Augen zu. Mir wurde auch dieses blicklose Gesicht vertraut, mir war tatsächlich, als blickte mich der Vater weiterhin durch die gesenkten Lider an, er war nur müde, und ich redete oft zu ihm hin wie zu einem aufmerksamen Zuhörer, ich erzählte ihm sogar unwichtige Kleinigkeiten aus meinem Alltäglichen, die mir manchmal erst im Moment des Erzählens einfielen. Ich wollte mir wohl nicht bewußt machen, daß ich an diesem leicht tragbaren Stahlrohrbett saß oder stand, um Vaters Sterben abzuwarten (Zeuge zu sein der letzten, ihm noch verbliebenen Lebenszeit). Mit den Minuten, die hier zu immer längeren Stunden wurden, gewöhnte ich mich mehr und mehr an den Zustand der Untätigkeit, an die Beinah-Unbeweglichkeit meines Hierseins; so wurden mir als erstes die kahlen Wände des Zimmers immer vertrauter, es war in dieser fortschreitenden Stille gelegentlich so, daß ich Vaters oft unerwartet gesagte Worte wie aufgeschrieben auf dem matten Weiß der bilderlosen Wände mitlas, während ich sie doch aus nächster Nähe hörte.

Aber mein Vater sagte nie: Ich gehe. Oder: Du bleibst und ich …, er sagte nichts davon. Im Gegenteil, wir beide lebten gemeinsam diese dahinrinnende Zeit, als wären wir quasi zu Hause, und am liebsten wäre ihm ja gewesen, er hätte daheim, nicht weit vom Küchenherd, sitzen können, und meine Mutter hätte mit ihm den kargen Geräuschen unserer Käfigvögel zuhören können.

Machmal zählte ich die Nahtlinien der Bettdecke, dann wieder die Kreuzungspunkte dieser Linien und schreckte auf, wenn die Türschnalle gedrückt wurde und kein Arzt und nicht die Schwalbenhaube einer geistlichen Schwester erschienen, sondern s i e mit diesem sparsam geschwungenen Mundlächeln. Ich stand natürlich immer auf, sofern ich gesessen hatte, rückte den Stuhl weg, machte Platz und sah, wie sich ihr Körper zu meinem Vater hinunterbeugte, ich sah die Rundungen, die das weiße Leinen ihres Kittels konturierten. Ihr dunkelblondes Haar, das dicht zu wuchern schien, war von einer randlosen, hellblauen Kappe gezähmt. Sie grüßte mich beim Betreten und beim Verlassen des Zimmers mit den üblichen Floskeln der Höflichkeit »Buon giorno« und »Buona sera«. Was mich verwirrte, war, daß ich diese Grußworte überhaupt bemerkte, ja, daß ich ihre Tonalität in meinem Ohr abwog, sozusagen den Klang ihres Grußes in meinem Kopf hin und her gleiten ließ, während ich meinem Vater den Saft eines Apfelkompotts mit einem Teelöffel in den prothesenfreien Mund zu flößen bemüht war. Vielleicht war es nur der fremde Klang der italienischen Worte, der mir den Mund trockenlegte, oder es war die Stille in dieser Sterbekammer, das gelblichweiße, eingefallene Gesicht meines Vaters, das ich erst jetzt von Stunde zu Stunde besser kennenlernte und in seiner ergebenen Ruhe als immer schöner empfand –, sie aber war das Leben, jede Bewegung ihres Körpers, wenn sie den Rücken beugte, den Arm senkte, und erst recht, wenn ihr Gesicht sich mit dieser lächelnden Ich-weiß-alles-Traurigkeit plötzlich direkt mir zuwandte. Jetzt sah sie mich bewußt an, bildete ich mir ein, nein, ich spürte es, ihre Augen öffneten sich wie ein Netz und ihr Blick fing mich ein, zog mich in ihr Lächeln herein, aber dazu kein begleitendes Wort, das mich betraf – natürlich, ich erwartete nichts dergleichen, war froh, wenn sie sagte: Papà per ora dorme, non sta soffrendo.

Später – doch so viel später war es gar nicht, kam sie zurück und fragte, ob sie mir eine Schale Tee bringen könne. Oder lieber einen Espresso? Für den Hauch einer Sekunde sah ich ihr Augenzwinkern, das mückenhaft ihr Lächeln überflog. Ich trank ein Schälchen Espresso ohne Zucker, ich weiß nicht, warum ich das Bittere vorzog, obwohl mein Mund trocken war und mich eher nach durststillendem Tee verlangte. Dann sagte sie, daß sie Nachtdienst habe, zwei Nächte hintereinander, und so wären wir beide nicht allein.

Vielleicht stand ich bis zum Dunkelwerden vor dem Fenster, das auf den Spitalspark hinausging – es war Herbst, auf die verblühenden Blumenbeete fielen gelbbraune Roßkastanienblätter, auch die helleren der Platanen. Mein Vater lag stumm hinter meinem Rücken, ich hörte sein pfeifendes Atmen. Und ich starrte auf die zukkende Lichterschlange der Autos, die auf der Straße vor der Parkmauer vorbeifuhren. Ich schämte mich – ich war nicht traurig, ich wollte Geräusche hören und grelle Farben sehen, am liebsten hätte ich viele Tausende Kerzen angezündet oder überhaupt ein riesiges Feuer da unten auf einem der tellerrunden Blumenbeete zum Lodern gebracht, bis es das dritte Stockwerk und dieses Zimmer erreicht hätte.

Ich wünschte nicht abgelöst zu werden von meinem Bruder, seltsamerweise wollte ich allein bleiben mit meinem Vater. Und tatsächlich redete ich meinem Bruder zu, und es gelang mir, ihn zu überzeugen, daß er seine Kräfte schonen müsse für den Arbeitstag, er war ja in einem abhängigen Dienstverhältnis, während meine verlorenen Schultage kaum ins Gewicht fielen. Und außerdem spürte ich keine Müdigkeit. Trotzdem ging mein Bruder erst eine Stunde vor Mitternacht, nachdem Laura – ja, vielleicht sprach er sie so an – ihm versichert hatte, ich, der Junge, könne mich jederzeit auf dem zweiten (leeren) Bett im Zimmer ausruhen.

Aber ich wollte mich nicht ausruhen. Ich zog nicht einmal die Jalousien am Fenster herunter, mich faszinierten die vorbeihuschenden Lichter der Autos und ich versuchte sogar die Lichter in den Häusern zu zählen (so weit mein Blick reichte), bevor sie verlöschten. Vor allem wollte ich so lange und so oft wie möglich meinen Blick ablenken von der Tür, ich wollte nicht unentwegt auf diese Zimmertür hinschauen.

Die Beine meines Vaters waren stark angeschwollen, seine ehemals drahtigen Unterschenkel schwammen hinter der gedunsenen Haut im Wasser. Seine Nieren arbeiteten kaum noch. Kaputtgegangen, dachte ich, in den Frontgräben auf dem Rückzug, irgendwo in der Tschechei, tage-, nächtelang im Oktober- und Novemberregen gelegen, dann in den gefrorenen, verschneiten Schützengräben des Dezembers und Jänners, Durchfall und Magenkrämpfe. Ich rieb seine eiskalten, blutleeren Füße –, wann immer er aus seinem Dahindämmern aufwachte mit einem leisen Wimmern, bat er mich, meist ohne die Augen zu öffnen, ich möge seine Füße wärmen, er friere, der Frost zerreiße seine Haut, die Hautzehen, die Hautfersen, ja auch die Hautknöchel. Ich rieb mit zwei Händen, hatte jeweils einen Fuß in beide Hände genommen und massierte, walkte und knetete sie. Ich schaute über die Bettdecke auf die gesenkten Augenlider meines Vaters und auf seine eingefallenen Lippen, und immer wieder sah ich auch zur Tür hin, ob sich der Türgriff nicht bewegte.

Und natürlich kam der Krankenhauspater zweimal am Tag, und immer war ich froh, wenn ein Arzt den Kopf hereinsteckte, aber am Abend, jedenfalls solange mein Bruder den Stuhl neben Vaters Bett besetzte, hoffte ich, daß Laura wegbliebe oder doch irgendwie unsichtbar wäre, wenn sie das Tablett mit Suppe und Tee hereinbrachte. Diese Nacht ist nicht die letzte, sagte mein Bruder und berief sich auf eine Art Gewißheit, die ihm der Chefarzt vermittelt habe, und so ließ er mich endlich allein in diesem Zimmer, und ich begriff dies plötzlich in einem Anfall von bewußter Ausgesetztheit. Es war wie Panik: Ich wußte jäh, daß ich diese kleine Kammer mit dem Tod teilte. Für Sekunden war mir der Vater ein erschreckender Fremder. Aber mich rettete das gedämpfte Röcheln, das ich in der Stille des Zimmers wie einen dünnen Musikfaden zum Leben hörte. Er war ja mein Vater, mein Kirschentatta, mein Forellentatta. Ich wollte zu ihm hintreten, ich wollte mich über sein Gesicht beugen, aber ich wischte nur mit meinem Taschentuch behutsam über seine Stirn und sah, wie seine Nase schmäler geworden war. Zum ersten Mal seit ich hier war, wünschte ich, daß er wach wäre und mit mir sprechen würde. Ja, ich wollte ihn reden hören, nein, er war mir kein Fremder, ich nahm, ohne ihn zu fragen, ich nahm zuerst den einen Fuß und tätschelte ihn mit beiden Händen, dann ließ ich meine Finger über die Sohle des anderen kreisen, quetschte Knöchel und Rist und immer wieder Sohle, Rist und Zehen zwischen meinen Fingern. Im Zimmer brannte nur das Nachtlicht, ein Notlicht, das nicht den Schlaf stören sollte und das mir doch die Situation erst recht klarmachte, am liebsten hätte ich den Vater jetzt wachgerüttelt – red mit mir, sag mir noch alles, alles vom Leben, bevor es zu spät ist.

Ich wollte nur eine Pause einlegen, hörte mit dem Massieren auf, zog die Unterdecke über seine Füße, und für einen Moment legte ich den Kopf über die Bettdecke, unter meiner Schläfe spürte ich sein Schienbein, hörte sein Atmen und atmete mit ihm, vielleicht bin ich so eingeschlafen.

Ich erwachte von einer Hand, die über mein Haar fuhr und warm auf meinem Nacken lag, als ich vollends zu mir kam. Willst du mit mir etwas trinken? hörte ich Laura fragen. Was du willst … auch Tee oder Kaffee. Sie prüfte Vaters Puls, netzte mit Wasser seine Lippen, tupfte mit einem Gazebausch seine Stirn ab. Komm, sagte sie dann, und ich ging hinter ihr her, diese etwa zwanzig Meter bis zu ihrem Nachtdienst-Zimmer. Es roch nach Apotheke, aber wir waren ja im Krankenhaus. Ich sah sofort das weiße Bett längs der Wand, und sie, die mir den Rücken zukehrte, während sie Kaffeepulver in eine Espressomaschine löffelte, wandte mir unerwartet ihr Gesicht mit einem großen Lächeln zu, als hätte sie meinen Blick erraten. Ich mache Kaffee, sagte sie, aber du kannst gerne auch etwas anderes haben. Sie kam auf mich zu, und ich wünschte mir, sie würde mich an sich ziehen, mich mit ihren weißen Krankenhausärmeln umarmen. Aber sie blieb vor mir stehen, sah mich an, hob sogar die Arme, als wollte sie ihre Hände auf meine Schultern legen. Doch nein, plötzlich ging sie vor mir, als wäre ich ein Kind, in die Hocke und packte mich an den Armen, rüttelte mich und sagte mit dem hinreißendsten Lächeln: corraggio – es geht weiter, giovanotto.

Ich wollte zornig sein, beleidigt, aber ich war nur verwirrt vor Scham, Zorn und einem wilden anderen Gefühl (warum war ich wie berauscht?). In Sekundenschnelle hatte sie sich aufgerichtet, und ihr Gesicht war mir so nahe, daß ich eine winzige braune Warze auf ihrer rechten Wange bemerkte, vor allem aber, daß ihre Augen blaugrau waren, nicht mandelbraun, wie ich gemeint hatte. Sie wandte sich zum Anrichtetisch um, wo die Espressomaschine zu brodeln begann, und mit abgewandtem Gesicht fragte sie: Willst du mit mir eine Zigarette rauchen? Ja, bitte, sagte ich, der ich in meiner Gymnasiumklasse als »der Nichtraucher« galt.

Sie stützte sich mit dem Rückenansatz von der Anrichte ab, während sie ein Täßchen mit starkem Schwarzen füllte und mir mit gestrecktem Arm reichte. Ich verbrannte mir die Lippen beim ersten Schluck, und sie lächelte oder lachte: Willst du keinen Zucker? Bis zu diesem Tag hatte ich nie Kaffee ungesüßt getrunken. Nein, nein, wehrte ich die hingehaltene Zuckerdose ab. Laura stand so nahe vor mir, daß ich zurückweichen mußte, um nicht rücklings auf ihr Nachtdienstbett zu fallen. Tatsächlich sah ich, sozusagen in Zeitlupe, wie sie ihr Kaffeeschälchen hob, ich sah ihren Hals, während sie trank, mir brannte das Bittere im Mund. Bist du nicht müde? fragte sie und holte mit einer halben Drehung ein Päckchen Zigaretten von einem Medikamentenregal herunter. Ihr Mund war leicht geschürzt und die Augen mandelschmal, als sie eine Zigarette hervorzupfte und mir das Filterende zwischen die Zähne steckte. Vielleicht habe ich versucht zu lächeln (wie Gary Cooper oder wie James Dean), ich ließ mir sogar die Zigarette anzünden, dabei hätte ich das brennende Streichholz, das mit ihren Augen ganz nahe herankam, am liebsten auf den Lippen gespürt. Ich begann zu husten –, das Herz schlug mir im Halse, nahm mir fast den Atem, und da beugte sie sich jäh zu mir hin und riß mir die Zigarette von den Lippen. Dai … dai, hörte ich ihre Stimme gurren, während ihre Arme mich umschlossen, ich roch den Medikamentenduft ihres Kittels –, aber nicht die Wärme ihres Mundes. Sie zog den Rauch meiner Zigarette tief ein und blies ihn nicht mir, wie ich erwartete, ins Gesicht, sondern zur weißen Zimmerdecke hinauf – komm, sagte sie, ich spürte ihre Hand an meiner Halsschlagader: Wir wollen nach deinem Papà sehen.

Vielleicht war es eins oder gegen zwei Uhr morgens, ich sah zu, wie Laura an Vaters Bett herantrat und fühlte doch kein Schuldbewußtsein. Warum hätte ich sie von seinem Bett wegstoßen sollen? Aber ich fürchtete ihren Schrei –, daß sie sich zu mir umdrehen und ich ihre Hände auf meinen Schultern spüren würde: Dein Vater ist … Nein, sie wischte seine Stirn ab, mit einem Gazebausch tupfte sie wieder über seinen Mund und war dabei leicht über dem Bett geneigt. Ihr weißer Kittel weitete sich. Sta male, sagte sie, als sie sich aufrichtete und mich ansah, eigentlich an mir vorbeisah: Ich hole den Arzt. Sie schob mich beiseite, hatte die Hand schon am Türgriff, da wandte sie sich kurz nach mir um und flüsterte, ohne Lächeln und irgendwie blicklos: Kopf hoch – corraggio!

Vaters Blut ist zu Wasser geronnen, dachte ich, und war allein mit ihm, zwei oder fünf Minuten, vielleicht waren es auch zehn, bis der junge Arzt des Nachtdienstes auftauchte. Ich habe mich nie so lange allein gefühlt mit meinem Vater, denn obwohl seine Augen offen standen, schaute er mich nicht mehr an. Ich tastete nach seinen Füßen, sie waren kalt. Aber ich habe ihn noch atmen gehört, es war, als wollte er die ganze vorhandene Zimmerluft einsaugen oder die Welt wie durch einen Strohhalm noch einmal in sich hereinziehen, diesen kleinen Teil an Leben, der ihm zugefallen war, einsaugen in sich und nichts davon mehr ausatmen. Es war sein letzter Atemzug.

Ich sah, wie eine Träne sich aus dem rechten Augenwinkel löste und entlang der Nasenlinie in den Schnurrbart rann. Aber ich schloß ihm nicht die Augen, ich legte mein Gesicht auf die Decke, ungefähr dorthin, wo seine Brust sein mußte.

Später – es war viel zu spät – bin ich durch den feuchtdämmerigen Oktobermorgen der Stadt gelaufen, um meinen Bruder zu holen.

P. S.: Ich habe Laura nur einmal noch (einige Jahre später) gesehen – auf der linken hinteren Seite eines Konzertsaals, sie stand, schien unschlüssig, schaute wohl nach ihrer Sitzreihe. Ich sah sie, sie mich nicht, ich erkannte ihr schmales, strenges Lächeln, sie war allein – ich nicht.

Das Haus der Mutter

In der Nacht erwachte meine Schwester davon, daß ihr Gesicht angeleuchtet wurde, und sie sah die Mutter in der offenen Tür des Schlafzimmers stehen, mit der Taschenlampe in der vorgestreckten Hand, bewegungslos und stumm stand die Mutter in ihrer schiefen Haltung, den Körper nach links verlagernd, das steife rechte Bein seitlich verschoben, wie weggestellt, minutenlang verharrte sie so, bis zu einer halben Stunde, sagte mir meine Schwester später, bis zu einer halben Stunde. Sie rief meine Mutter nicht an, sie blickte, kaum daß sie wußte, was geschah, nur zu ihr hin, blinzelnd oder mit halb geschlossenen Augenlidern in den Strahl der Stablampe, den die Mutter auch auf das Gesicht des schlafenden Mannes meiner Schwester richtete. Ein jedes Wort hätte ihn wecken können, und meine Schwester wollte ihn nicht wecken, er erwachte nicht unter dem forschenden Lichtkegel.

Meine Mutter hatte die Welt zu beobachten begonnen. Sie leuchtete die Gesichter an, nachts, sie achtete auch tagsüber darauf, wie sich die Augen bewegten, ob sie sich bewegten, sie prägte sich die Art des Benehmens ein, sie schärfte ihre Sinne für vielerlei Arten des Benehmens, sie unterschied bei der Wahl der Worte, sie schüttelte den Kopf, wenn das Fleisch am Mittagstisch ungleich zertrennt und auch in ungleich großen oder kleinen Stükken auf die Teller verteilt wurde, sie lachte in sich hinein, wenn die größte Schnitte auf ihrem Geschirr landete, sie hustete heiser, ohne Hunger zu haben, und aß alles auf, ließ den Teller wie geleckt zurück. Sie streichelte den schwarzgekrausten Hund meiner Schwester.

Sie, die nichts lieber als Wilderer- und Liebesromane las, stand stundenlang hinter der Fensterscheibe und schaute auf die Straße hinunter, auf den kleinen Parkplatz und die Straße, an die er wie eine Darmausstülpung angeschlossen war. Sie kannte die Stammplatzhalter und sie kannte die zeitweilig an- und wegfahrenden Automobile, ihr Augenmerk galt demgemäß einmal einem Fahrzeug mit dem Nummernschild aus Taranto, ein andermal einem mit der Kennzeichennummer aus Freiburg im Breisgau oder Wien. Wenn die Ungeduld zu stark wurde, trat sie auf den Balkon hinaus und überflog mit ihrem Blick alles, die sechs oder sieben Fahrzeuge und die einzeln stehende Linde, dahinter die Allee der Platanen. Der Verkehrslärm der Innenstadt drang nur gedämpft bis hierher. In ihrer Schürzentasche bauschten sich die Zettel, auf denen sie mit einem abgebrochenen Kugelschreiber gewisse Autonummern notiert hatte.

Sie kommt jede Nacht ins Zimmer, erzählte meine Schwester, in dem schweren Schlafmantel, den mein Mann ihr zu Weihnachten gekauft hat, kommt sie ins Zimmer, sie respektiert ihn, Maurizio, ja, ganz langsam macht sie die Schlafzimmertür auf, so langsam, daß ich darauf schon warte, sagte meine Schwester.

Meine Mutter hörte zuletzt Geräusche, die ich nicht hörte, die niemand außer ihr hörte, keine Stimmen, wie sie mir sagte, sondern ein auf- und abschwellendes Sausen rauschte in ihren Ohren, als ob ein riesenhafter Ventilator hinter irgendeiner, wahrscheinlich aber hinter der nächsten Wand liefe. Natürlich küßten wir sie auf die Stirne oder auf die Wange oder auf irgendeinen Fleck ihres Kopfes, als sie uns davon zum erstenmal erzählte, sie war ja nicht groß, reichte jedem ungefähr bis zur oder unter die Schulter.

Aber sie vertraute sich uns bald nicht mehr an, wir behandelten sie wie eh und je als den abgesichertsten

Gegenstand, olé, unsere Mutter. Anfangs kicherten wir zu ihr hin, weil wir uns unterhalten wollten mit ihr; wo immer wir hindachten oder hinschauten, war nicht die geringste Bedrohung für sie zu orten. Also winkelte ich meinen Arm an und sie hängte ihre Hand in diese Schlaufe, ich spazierte mit ihr und meiner Frau dem Flüßchen entlang, auf unserer Promenade, der berühmten Passerpromenade, wir gingen der sprudeligen Strömung entgegen, die linke Uferseite aufwärts, am Postamt vorbei über die Kreuzung, mitten durch Urlauberpaare und Urlaubergruppen hindurch, die pietätvoll sich teilten, meine Mutter trug ein billiges Wollkleid, das wir ihr geschenkt hatten, ich genierte mich vor diesen fremden Leuten, als ob diese Touristen alles wissen müßten, als ob die rechte unbewegliche Seite meiner Mutter entscheidend gewesen wäre für jede Art Ansicht, Landschaftsansicht oder Lebensansicht, gerade darauf legte ich selbst das allergeringste Gewicht, doch dieses plötzliche Zufriedenheitsgesicht meiner Mutter, diese totale Inanspruchnahme meines individuellen Gehschritts! Ich kannte kaum jemanden in meiner Geburtsstadt, in der ich ja immer nur auf Besuch war, um meine Mutter zu besuchen, trotzdem konnte ich keinen Schritt tun, ohne daß ich diesen Schritt wie aufgezeichnet und also beobachtet empfunden hätte. Meine Mutter redete zu mir, zu meinem Gesicht herauf, ich sah ihren fast grotesk verschmitzten Blick, sie fühlte sich aufgekratzt und schaute mich kokett oder zumindest übermütig an, als wollte sie sagen: wir sind ein schönes Paar! dabei zerrte ich sie mehr mit mir voran, als daß ich mit ihr irgend etwas gemeinsam gedacht, gesehen oder besprochen hätte, ich zerrte sie zum Ende des Spazierganges hin, den ich brauchte, weil ich ja deshalb hier war, mein Besuch mußte erledigt werden, und so bemühte ich mich um einen gelassenen Schritt, und sie befleißigte sich genauso vergeblich, ihren Humpelschritt meiner nervösen Gangart anzupassen.

Anderes als ihre Geräusche hörte sie nicht mehr gut, daher nickte sie häufig zustimmend oder vielsagend, als wüßte sie noch mehr und hätte alles durchschaut. Ich versuchte ihr beizubringen, was ich zu wissen glaubte, über Arteriosklerose zum Beispiel, sie war ja schon über siebzig, ich wollte ihr den Tick mit dem Ventilator ausreden, ich erklärte ihr, warum sie Geräusche höre, die ich und auch meine Schwester nicht, überhaupt niemand außer ihr hörte, aber sie schmunzelte darüber, als erzählte ich ihr eine lustige Geschichte, sie hörte mir wie einem unverbesserlichen, ausgewachsenen Lausbuben zu, ich hatte es, so sah sie es, noch immer faustdick hinter den Ohren. Weil sie mich nur mehr selten sah, war sie mit mir geduldig, meine Schwester fauchte sie jähzornig an, wenn sie ihr nicht glauben wollte, also gab sich meine Schwester schon bald wie eine Komplizin; meine Mutter ließ sich von ihr Tages- und Nachtcremen besorgen, sie pflegte sich sorgfältig, massierte die Haut am Morgen und am Abend mit Venus- und mit Lancasterpomade, sie führte ein hartnäckiges Selbstverteidigungsleben und duldete kein graues Haar; bis zu ihrem Ende war sie auf ihr schwarzes Haar stolz und kämmte es oder ließ es kämmen, im Handspiegel prüfte sie sich, und fand sie ein graues Härchen, dann zupfte sie es in aller Strenge und Heimlichkeit aus.

Mich wunderte, daß sie mir nicht mehr mißtraute, auch meiner Schwester nicht wirklich mißtraute, obwohl sie sich bedrängt, bis aufs äußerste bedrängt und verlassen gefühlt haben muß; mitten in ihren bedrohlichen Geräuschen hat sie mit uns Menschärgeredichnicht gespielt und Kekse gebacken. Sie muß ein Doppelleben geführt haben, das peinigende Doppelleben einer Einsichtigen, Klarsichtigen, die von den lachenden Unverstandsgesichtern ihrer Welt umgeben, wie von Fratzen umgeben war von den Gesichtern ihrer Kinder, und sie hat widerstanden, ihre Affenzärtlichkeit hat alles überstanden. Es waren immer die anderen schuld, wenn etwas mit mir war oder mit meiner Schwester, immer waren die anderen schuld, entweder hatte es der Lehrer mit uns, weil wir nicht vom Ort waren, oder er war ein Nazi; die Lehrerin war eine Nazi gewesen, als ich das Teilen, das Dividieren nicht kapierte und sitzenblieb. Sie verachtete die Bauern, weil die das Brot aus der Erde herauszogen, während wir unter dem Asphalt auf die Bomben warteten und hungerten. Jedes Ei, das ich im Sommer aus einem Heuversteck stahl, segnete sie und mich auch.

In der Nacht hörte meine Schwester sie nun hämmern; auch Maurizio, ihr Mann, wachte manchmal von dem Hämmern auf. Meine Mutter arbeitete mit Hammer und Nägeln, sie schlug neue Nägel ein und riß alte Nägel wieder aus, sie widersetzte sich ihrer Schutzlosigkeit, sie baute sich ein Haus über ihrem Bett, in ihrem Zimmer baute sie sich jede Nacht ein Schachtelhaus über ihrem Bett. Sie war listig und erfindungsreich. Aus dem Abstellraum, wo die Mülleimer standen, hatte sie sich große Pappendeckelflächen beschafft, hatte diese Kartons in unbeachteten Augenblicken, halbsteif wie sie war, ins Parterre zum Lift geschleift und mit dem Lift in den dritten Stock befördert. Sie ließ ihr Zimmer in der Wohnung meiner Schwester nie unversperrt; obwohl sie unter Menschen wohnte, die sie liebte und von denen sie geliebt wurde, verschloß sie jedesmal das Zimmer, kaum daß sie es betreten hatte, und zog ebenso jedesmal, wenn sie es verließ, den Schlüssel ab und versteckte ihn in ihrem Taschentuch, auch wenn sie fünf- oder siebenmal in der Stunde ihr Zimmer aufsperren mußte wegen eines Briefkuverts oder eines Bleistifts, immer schloß sie die Tür auf und verschloß sie hinter sich und versteckte den Schlüssel in ihrem Taschentuch. Wenn ich mich heute frage, weiß ich, daß ich sie nicht ernst genommen habe, ich habe meine Mutter als selbstverständlich behandelt.

Durch das Schlüsselloch, sagte meine Schwester, habe sie alles gesehen, behauptete sie, alles gewußt, Mutters gesamte Welt gewußt und gesehen. Das Bett im Winkel zur Türwand und zur Kastenwand, längs der Wand des Kleiderkastens mit dem Fußende zum Kleiderkasten und mit dem Kopfende zur Türwand, die Türscharniere mit den Fingern der ausgestreckten linken Hand erreichend, so habe sie gehaust, liegend habe sie das Fenster ihren Füßen gegenüber angeschaut, die heruntergelassenen Rollos und seitlich des Bettes, also auf der Wand gegenüber des Bettes links das zwanzigfach vergrößerte Paßfoto unseres Vaters, ihres Mannes, mit dem zusammengestutzten Hitlerschnurrbart.

Linkerhand des Bettes habe sie zwei große Kartonflächen als Wandflächen aufgestellt und befestigt, und rechterhand auf der anderen Seite, zwischen Bett und Mauer, habe sie zwei alte verbrauchte Besen mit den

Stielen aufwärts hinuntergesteckt, und über die oberen Ränder der Pappendeckelwand habe sie wie über einem Zigeunerwagen eine leichte Wolldecke als Plane zur Mauer hingezogen und hinter die Besenstiele geklemmt. In diese Schlafhütte kroch sie hinein, indem sie sich am Fußende ihres Bettes mit beiden Händen abstützte, so daß sie das steife rechte Bein zurückschieben konnte, bis sie mit dem Bauch auf dem Fußende des Bettes auflag, erst dann konnte sie sich auf die linke Seite kippen, um Kraft zu sammeln und allmählich den ganzen Körper in langsamen Ruckbewegungen aufs Bett hinauf und in das Schachtelhaus mit dem Wolldeckendach hineinzuziehen, sie war nicht imstande sich einzurollen, sie konnte immer nur das linke Bein näher zur Hüfte heranheben.

Sie lag in einem Schachtelhaus, das sie über ihrem Bett mit einer Wolldecke und Karton errichtet hatte, meine Mutter kampierte in der Sicherheit der Wohnung meiner Schwester. Sie suchte, was ich nicht begriff, einen Schutz, sie schützte sich vor einer Bedrohung, die ich nicht wahrnehmen konnte, die sie aber bis unter die Haut gespürt haben muß, sie konnte nicht anders als sich verkriechen, in das Innerste des Innersten mußte sie sich verkriechen, sie brauchte ein Haus im Haus in einem der vielen Zimmer des Hauses. Meine Mutter brauchte eine totale Zuflucht, und nichts wunderte mich daran. Tagsüber gab es dieses Schachtelhaus nicht, sie räumte alles weg, den Karton schob sie hinter die Rückseite des Kleiderkastens, die Wolldecke breitete sie über das Bett, die Besenstiele schob sie darunter, nichts, ganz und gar nichts Auffälliges konnte meine Schwester, wenn die Mutter mit dem anderthalbjährigen Enkel im Wohnzimmer spielte, durch das Schlüsselloch sehen, immer war das Zimmer verschlossen.

Ich frage mich heute, ob es richtig war, von meiner Mutter wegzugehen, die Türe zu schließen und über den Gang zum Lift zu gehen, sie ihrem Ende zu überlassen und wegzugehen, um zum nächsten Zug zu kommen.

Bei der Rückkehr von einem ihrer täglichen Einkaufsgänge fand meine Schwester die Mutter an einem späten Vormittag Mitte Jänner auf dem Wohnungsflur liegend vor, auf dem Rücken, nicht mehr ohnmächtig, aber auch nicht kräftig genug, um sich bis zum nächsten Stuhl im Gang hinzuwälzen und daran hochzustemmen. Das Milchkind meiner Schwester kroch auf ihr herum und zog sie an den Haaren, sie hatte Schüttelfrost, Fieber, aber sie wehrte sich dagegen, ihr Zimmer aufzuschließen und ins Bett gelegt zu werden. Ich habe kein Fieber, sagte sie, ihr fehle ganz und gar nichts, ein Augenblick des Unwohlseins könne jedem passieren, sicherlich habe ihr der starke Kaffee, den sie sich gemacht habe am Morgen, nicht gut getan. Am hellichten Tag habe sie kein Bett nötig, sie nicht.

Aber sie mußte sich dennoch in der Küche, schräg über Stuhl und Tisch lehnend, vom Arzt das Fieber messen lassen, und das Quecksilber stieg auf neununddreißigacht. Weinend wie ein zorniges Kind versprach sie Besserung, ein schnelles Gesundwerden, wenn man sie nur nicht ins Krankenhaus brächte, sie hatte im Fernsehen einen Dokumentarfilm angeschaut über eine Art asiatische Grippe und nichts dabei überhört, schon gar nicht den Hinweis, daß ältere Menschen besonders gefährdet seien, der geschwächte Körper überstehe sehr schwer eine lange Bettlägrigkeit. Den Mann meiner Schwester, einen Italiener, weinte sie an, daß er dies nicht zulassen solle, aber er streichelte sie und fuhr sie mit seinem Fiat ins Spital.

Sie wurde künstlich ernährt und überstand eine Rippenfellentzündung und eine doppelseitige Lungenentzündung, und nach drei Wochen wurde meiner Schwester mitgeteilt, sie könne mit Wäsche und Kleidern kommen und die Mutter abholen, doch als meine Schwester kam, lag die Mutter im Operationssaal. Von einer Patientin im Krankenzimmer erfuhr sie, das Bett der Mutter sei am Morgen blutgetränkt gewesen, die Mutter habe wohl einen Blutsturz gehabt. Man operierte sie nicht mehr wegen des fortgeschrittenen Stadiums, ein schwerer Fall, wurde meiner Schwester vom Chefarzt erklärt, ganz und gar aussichtslos, noch drei Monate habe die Mutter maximal, wurde ihr gesagt, erzählte mir meine Schwester später. Und so war es denn auch.

Sei mir nicht böse, schrieb meine Schwester, wenn ich Dir erst jetzt schreibe, aber leider hat das Jahr ziemlich schlecht angefangen. Mama ist schon vier Wochen im Spital, zuerst mit Lungenentzündung und dann mit Rippenfellentzündung, das hat sie alles überstanden, jetzt ist jedoch was Schlimmeres dazu-, eigentlich herausgekommen, man hat sie von der Medizinischen Abteilung in die Chirurgische verlegt, wahrscheinlich wird sie operiert, auch wenn ohne Aussicht auf Besserung. Also glaube ich, es ist besser, Du kommst auf einen Sprung zu ihr.

Meine Schwester schrieb: Es ist besser, Du kommst auf einen Sprung, und ich telegrafierte: Ich komme.

Monika

Ich schneide Speck in dünne Scheiben und lege sie auf die Teller meiner Gäste, wir sitzen in der getäfelten Stube an einem quadratischen Tisch, einer meiner Freunde aus Düsseldorf faßt die Holzplatte zwischen Daumen und Zeigefinger und fragt: Kiefernholz? Ich schneide weiter und sage, ja, Zirbe, eine Kiefernart. Da hören wir Schreie vor dem Haus, einer meiner Buben ruft durch die Stubentür: Die Monika bringt sich um.

Ich stehe vom Tisch auf, sage: Die Drogensüchtige vom Dorf, gehe hinaus und drücke die Tür hinter mir ins Schloß. Monika steht vor dem Küchenfenster, sie streckt mir die blutenden Handgelenke entgegen, sekundenlang ist sie stumm, und ihr Gesicht verzerrt sich nicht, sie schaut mich triumphierend an, während ich die Tür öffne, sie lacht verlegen, bevor sie jäh zu kreischen beginnt, den Kopf hin und her wirft und keift und flucht. Sie hebt ein Hackmesser auf, das sie zuvor wahrscheinlich ins Gras geworfen hat, sie schwingt das Messer.

Gib mir Wein, schreit sie, schnell, gib mir Wein, ich hab' die Tabletten geschluckt. Ich sage, jetzt trink zuerst ein Glas Wasser, sie spuckt mich an, sie spuckt meine Kinder an, die neben mir stehen, sie schlägt meiner Frau das Wasserglas aus der Hand, ich versuche in ihre Nähe zu kommen, ohne sie zu erschrecken, ich sage, was brauchst du das Messer, wirf es weg; sie lacht auf, ich brauch' es, ich brauch' es, komm mir nicht nahe ohne Wein. Langsam gehe ich in die Knie und hocke mich auf die Türschwelle. Monika schaut mich an, prüft mich mit vorgestrecktem Messer: Ich weiß, daß du Schiß hast, sagt sie, schau, sagt sie, und sie zieht die Messerschneide über den Unterarm. – Ich werfe mich nicht auf sie, reiße ihr die Mordklinge nicht aus den Händen, ich bin unbeweglich, ich sehe zu, wie sie die Schneide über den linken Unterarm streicht, wie über eine Geige, Blut quillt heraus, rinnt über den Stein vor der Küchentür: ich mach' mich eiskalt, sagt sie, und ich mach' meinen Alten, dieses Schwein, eiskalt und auch die Alte, ich mach' diese Muttersau eiskalt.

Ich weiß, daß du weg mußt von hier, du mußt gesund werden, sage ich und halte ihr eine offene Handfläche hin, und sie beugt sich mit todernstem Gesicht zu mir herunter und legt gleichzeitig den Messerknauf in meine Hand: Ich will sie alle weghaben, alle, auch die Alten, sagt sie und senkt die Stimme verschwörerisch: Ich krieg' eine Invalidenrente, ich wart' nur, daß das Geld da ist, und dann kauf' ich mir einen Revolver. Mach mir den Gefallen, bettelt sie, gib mir wenigstens ein halbes Glas Wein und ruf das Spital an. Ich stehe mit dem Messer in der Hand auf, eigentlich rappele ich mich von der Türschwelle auf und trage das Hackmesser in die Küche und halte ein Glas unter den Wasserhahn, schütte ein wenig Wein nach und reiche es Monika, die es, ohne mich anzublicken, austrinkt. Meine Frau und meine Kinder stehen um sie herum, während ich die Telefonnummer der Rettung wähle. Ich muß jedesmal erklären, daß es um einen dringenden Fall gehe, daß er nicht meine Familie betreffe, daß ich nur die telefonische Anlaufstelle sei und der Abholort einer Drogenkranken des Dorfes. Sie hat sich von meiner Frau überreden lassen und sitzt nun auf einem Stuhl unter der Küchenlampe, ich weiß, daß meine Frau sich fürchtet. Nicht so meine Kinder, sie sind fasziniert von Monika und möchten sie ununterbrochen anschauen, aber Monika scheint das nicht zu bemerken, sie freut sich, denke ich, eher auf den Rettungswagen. Ich kann sie zur Bank vor das Haus führen, und sie ist so ruhig geworden, daß ich meinen Buben zu verstehen gebe, bei ihr zu bleiben, ich kehre mit meiner Frau zu unseren Gästen in die Stube zurück, ich bemerke, daß ich mit einer Achsel gezuckt habe und daß ich mich entschuldige für unsere Abwesenheit, während ich nach einer Speckscheibe greife und einen Schluck Rotwein trinke. Sie helfen mir alle im Dorf, erzähle ich, die Bauern haben mir immer geholfen, die Nachbarn, ich brauch' sie nicht einmal zu bitten.

Da steht mein halbwüchsiger Sohn in der offenen Stubentür: Die Monika hat eine Handvoll Tabletten geschluckt. Meine Gäste springen von den Stühlen auf, ich winke ihnen, sitzen zu bleiben: Es gibt nichts zu verhindern, es gibt nichts zu retten, es geht um die Kopffinsternis; die Wiesen vor den Stubenfenstern sind gelb von Löwenzahn und Hahnenfuß, ich nicke noch einmal meinen Gästen zu und bitte meine Frau, ihnen Wein einzuschenken und Speck zu reichen, ich laufe nicht, ich gehe hinaus vor die Haustür und wünsche mir tatsächlich wie vielleicht das ganze Dorf, daß es endlich ein Ende hätte. Ich will Ruhe haben, rufe ich oder ruft eine Stimme in mir, ich will nicht ewig gestört werden von etwas, was ich nicht verschuldet habe: Ich glaube, das ganze Dorf will, daß sie stirbt. Aber ich setze mich neben Monika ins Gras neben dem Brunnen, sie liegt mit dem Rücken im Gras und sagt: Mir ist alles scheißegal, einfach wurscht, der Vatta ist ein altes Schwein und die Mutter auch.

Sie zieht die Lippen zurück, bleckt die Zähne, sie zeigt ihre gelben, angeschwärzten Zähne, und ich sehe die Zahnlücken einer alten Frau im Mund dieser Zweiundzwanzigjährigen, ihre Gesichtshaut ist faltig und voller Pickelnarben. Plötzlich knickt ihr aufgestützter Ellenbogen um, und der Kopf dreht sich in die Wiese hinein, sie schläft oder ist tot.

Ich springe auf, versuche sie mit beiden Händen hochzuziehen, ich schöpfe mit den Handhöhlen Wasser aus dem Brunnen und schütte es über ihr Gesicht, meine Kinder stehen neben mir, es ist, als wollten sie aufpassen auf Monika.

Aber da hören wir alle endlich die Signaltöne des Rettungswagens.

Im Dorf redet niemand von Monika, ich habe weder in der Bank noch im Lebensmittelladen, noch im Gasthaus irgendeinmal ein Wort über sie reden gehört.

Meine Nachbarn helfen mir, wenn ich sie darum bitte, sie haben mir immer geholfen, sie helfen jedem Fremden.

Sie haben mit mir in den umliegenden Wäldern nach Steinen gesucht, haben für mich aus ihren Wäldern und Wiesen größere und kleinere Steinbrocken zusammengetragen und damit einen Weg zu unserem Berghaus gebaut.

Sie haben mit mir und meiner Frau das alte Haus niedergerissen und es mit Ziegeln, Mörtel und Holz wieder bis zu den Kaminen über dem Dach aufgebaut, sie haben mir auch einen Ofen in die Wohnstube hineingemauert, aus grünen Glimmersteinen, gewölbt wie zu einem Grabhügel, und weiß gekalkt. Und auch den Brunnen vor dem Haus haben sie mir ausgewechselt mit einer gehöhlten Kiefer; nie ging es ums Geld, nie um die Entlohnung, sie kommen im Winter nach starkem Schneefall mit dem Schneepflug, und sie fahren mit dem Traktor um den Kirschbaum auf dem Platz vor dem Haus herum, und fast immer komme ich zu spät mit meinem Dank oder mit dem Glas Grappa.

Alle im Dorf wissen, daß Monika demnächst sterben wird, daß sie sich heute oder in den nächsten Monaten töten wird. Es gibt keinen anderen Ausweg, sagt sie selbst allen, sie verkündet ihren Tod, wenn sie auf Heimaturlaub ist aus einer der vielen Anstalten der Umgebung. Tänzelnd, saufend und Tabletten schluckend verkündet sie ihr sinnloses Ende, sie macht keine Philosophie daraus, sie bringt dafür keinen Gott um, schon gar nicht Jesus und Maria. Ich, sagt sie jedem, der sie anhört, ich bin abhängig von den Tabletten, und alle wissen es, und sie wissen alle, daß es nicht nur die Tabletten sind, sie wissen, daß es auch die Spritze ist. Mich will Monika davon überzeugen, daß es die Tabletten sind. Ich, sagt sie, im Gras oder auf der Bank vor dem Haus, kann nicht mehr ohne Tabletten leben, ich bring' mich lieber um.

Als wir unser Haus bauten, stand Monika als zwölf- oder dreizehnjähriges Mädchen oben am Waldrand, wenige Meter entfernt von uns, die wir arbeiteten, oder sie stand auf der Straße, fünfzig Meter unterhalb des Hauses, immer in einer Schar von Kindern, und beschimpfte uns als Gesindel, als »zugereiste Stadtler«, sie schrie mit den anderen, und sie schrie allein, wenn die anderen schon verstummt waren, sie brannte Reisighaufen in der Wiese unterhalb der Straße ab und tanzte mit den anderen oder allein um das Feuer.

Zu Fronleichnam, wenn die Touristen auf dem Platz zwischen der Kirche und dem Gasthaus Spalier stehen und an diesem hohen katholischen Festtag die Prozession der Bauern und Bäuerinnen in ihrem traditionellen Gewand, der Tracht, erwarten, mit dem Jesusleib unter dem Baldachin der Priester, und die Fotoapparate in Anschlag bringen, damals an jenem Fronleichnam war Monika vielleicht sechzehn oder siebzehn, und es war jener betrunkene Urlauber, sagt man, der sich in der Kirche zur Kommunionbank drängelte, singend, er sang mitten in die Andachtsstille hinein einen fisteligen, wortlosen Sound-Singsang, und während die Frauen ihn möglichst unauffällig mit ihren Ellbogen zurückzustoßen, von der Kommunionbank fernzuhalten versuchten, bis sich schließlich auch zwei, drei Männer nach vorne zwängten, um diesen lastermauligen Fremden zu greifen, da tauchte ganz unerwartet schnell die halbwüchsige Monika neben dem Soundsänger auf, faßte ihn unter einem Arm und zerrte ihn ungeniert durch die Puffer und Rippenstöße hindurch nicht zu einer der Ausgangstüren, sondern zur Kommunionbank, wo sie dem Aushilfspriester zuerst eine Hand des Betrunkenen hinstreckte und sich dann selbst mit zwei Fingern eine Oblate grapschte, und den allerheiligsten Leib verschluckend, bahnte Monika für sich und den taumelnden Fremden einen Weg zum Seitenausgang der Frauen.

Statt zur Prozession nach der feierlichen Messe, dem Hochamt, schleppte Monika den Urlauber ins Dorfgasthaus, wo die Frauen und Lehrerinnen nur unter der Woche in Gruppen oder paarweise hineingehen, und während die Musikkapelle draußen spielte und die Dorfleute in der friedlichsten Demonstrationsordnung um den Fußballplatz und das Kaufhaus eine weite Schleife zogen, lud dieser Mike oder Michael die paar Bauernburschen, die sich schon ins Gasthaus abgesetzt hatten, auf ein Bier oder ein Glas Wein ein, aber bevor die Prozession wieder den Dorfplatz zur Kirche hin überquert hatte, war Mike schon niedergeschlagen worden und lag sekundenlang mit dem Gesicht sehr nahe am Sockel der Theke. Albin, einem Sohn meiner Nachbarn, die mir beim Hausbau geholfen hatten, war das Gefuchtel des Touristen vor der Schank oder seine gestochen deutschen Sätze (»ihr wißt nicht, auf welcher Landperle ihr reitet«) plötzlich zu frech geworden, und er hat dem Mike einen Schubser mit der Faust versetzt, mitten in die Brust, und der Tourist ist nach hinten gefallen: Zwischen den Leibern der Umstehenden durchrutschend, ist er auf den Gasthausboden aufgeschlagen.

Monika hat den Fremden hinausgezerrt auf den Platz vor dem Wirtshaus, als die Fronleichnamsprozession gerade einbog und singend auf die Kirche zusteuerte. Da lag der Betrunkene vor den rotbejackten und schwarzhosigen Musikanten auf dem Asphalt des Dorfplatzes, und Monika stand mit gespreizten Beinen vor ihm, während der »Himmel«, der Baldachin, mit dem Leib Jesu vorbeigetragen wurde, aber andere sagen, daß sie laut aufgelacht habe, als der Tourist sich hinter ihr auf dem Asphalt erbrach.

Einige Tage später wurde Monika aus der Diskothek eines Nachbardorfes ins nächste städtische Krankenhaus eingeliefert; mit Schaum auf den Lippen sei sie plötzlich auf dem Tanzboden niedergestürzt. Und seither wußten alle im Dorf, daß sie das Rauschgift von dem Fremden bekommen hatte, und auch: daß sie jetzt an der Autobusstation der Bezirksstadt herumstehe, in der Bar und zwischen den Bussen, für wenig Geld.

Von Zeit zu Zeit sehe ich sie auf der Straße unter der Wiese dahingehen, in blauer, modisch gebleichter Jeansjacke, mit fleckiggrünem Hemd, sie wendet nicht einmal den Kopf, schaut nicht zu uns herauf. Wenn sie daheim ist, hat sie einen tänzelnden Schritt.

Wenn das Telefon schrillt, greifen meine Frau oder ich automatisch zum Hörer. Ich kenne die stockende Sprache, und ich weiß, es ist ein Anstaltsfreund, dem Monika unsere Nummer gegeben hat. Er sagt, es ist Sonntagnachmittag, und ich sage, wir wohnen einen halben Kilometer entfernt, ich sage, wir kennen die Monika eigentlich gar nicht. Aber er sagt: Es ist Sonntagnachmittag, und der Sonntag hört heute überhaupt nicht auf. Ich sage: Gut, ich hole die Monika, und er soll in einer Stunde wieder anrufen.

Meine Frau hat Monika herbeigeholt, und pünktlich läutet das Telefon, und wir stehen alle draußen auf der Wiese vor dem Haus, und alle hören wir durch die offene Tür Monika sagen: Bei uns regnet es nicht.

Dieser Mann mit der komplizierten Zunge ruft uns öfter an, und schließlich sage ich: Wir sind kein Telefonamt. Und wenn Monika in der Anstalt ist, läutet auch immer wieder einmal das Telefon, und Monikas veränderte brave Stimme sagt: Ich bekomme nie Besuch.

Sie braucht Wäsche und Geld.

Das Holzhaus, in dem sie geboren ist, diese Hütte, in der noch immer einige ihrer Geschwister mit den Eltern leben, steht dicht am Waldrand, fast sechs oder sieben Kilometer von der Dorfkirche entfernt, dort wächst Moos, und jeder darf auf das Gras rund um das Haus treten, weil dies Gemeindegrund ist und kein Bauer hier mäht. Wer da haust, ist ein armer Hund, aber freier als irgendein König. Das Dorf fürchtet sie, denn sie könnten den Wald abbrennen, und die Häuser hinter dem Wald, sie könnten im trockenen Frühjahr oder im Herbst das Gras anzünden.

Jetzt hat Monika ihre Rente, mit zwei- oder dreiundzwanzig Jahren. Das ist die Woche ihres »Heimaturlaubs«, denn die Rente holt sie persönlich im Schalterraum der Dorfkassa ab. Und sie marschiert in den ersten Tagen immer mit gesenktem Kopf an allen vorbei und grüßt niemanden, aber es dauert nicht lange, dann hebt sie wieder den Kopf und nickt nach allen Seiten. Einmal kam ich zufällig mit dem Auto vorbei, und sie streckte den Daumen raus, ich hielt an, und sie stieg ein. Weißt du, sagte sie, sie mögen mich eigentlich alle, sie sagen, sagte sie, daß ich nett geworden sei, und ich glaube es ihnen, ich bin ganz anders, mir gefällt alles, alle Leute sind so normal und tun mir nichts, ich bin sogar extra neben der Straße durchs Gras gegangen.

Aber dann habe ich das Getrommel ihrer Hände wieder auf der Blechschnauze unseres Autos vor dem Haus gehört, mit ihren Stiefeletten stieß Monika gegen die Reifen und gegen die Türen unseres Autos und schrie: Wein. Diesmal hatte sie noch keine blutenden Hände. Meine Frau brachte ihr ein Glas Wasser, kaum gefärbt von einem Rotweinspritzer, und Monika schlug ihr das Glas aus der Hand. Ich kam die Treppen herunter, und sie schrie mich an: Wein, oder ich freß Tabletten. Ich sagte: Ach, Monika. Und sie war mit zwei, drei Sprüngen schon am Wasserhahn des Brunnens und hatte eine aufgerissene Tablettenschachtel in der hocherhobenen Hand, und ich sagte: Friß! Und sie drückte sich die Pastillen aus der Plastikfolie in die Hand und in den Mund, ich sah zu, ich machte keinen Schritt von der Haustür zum Brunnen. Ich rief die Rettung an.

Als das Auto kam, lag Monika wie tot neben dem Brunnen. Ich sah, wie ein Sanitäter sie auf die Bahre schnallte und in den Wagen hineinschob.

Sie ist in eines der vielen Zimmer der Frauenabteilung im Bezirkskrankenhaus getreten und hat die Bettlägrigen angelächelt, bevor sie die Fensterflügel auseinanderzog und sich einen Stuhl ausborgte, auf den sie dann stieg; eine Mailuft wehte in das medikal verduftete Zimmer herein, und Monika stand nur sehr kurz auf der Fensterbrüstung, bevor sie, ohne die Arme auszubreiten, hinunterstürzte vom vierten Stock des Bezirkskrankenhauses.

Sie haben Monika in das Holzhaus ihrer Eltern zurückgebracht, und ihre Geschwister haben den Tisch, an dem sie gemeinsam gegessen und gespielt hatten, aus der kleinen Stube hinausgetragen, um Platz zu machen, sie haben den Stubentisch vor das Haus gestellt und haben Monika in der Ecke, wo immer der Tisch gestanden hatte, aufgebahrt, sie haben sie für ein paar Stunden in diese Ecke gelegt, mit dem Kopf unter dem Fernsehapparat, in einem Holzsarg. Wer zum Beten kam, konnte ihren zerschmetterten Kopf nicht sehen. Es kamen auch nicht viele, sie standen vor diesem Hüttenhaus herum.

Ins Haus des »Wegmachers«, der schon seit Jahren nicht mehr die Steine weggeräumt hatte, weil die neue, asphaltierte Straße nun von Landesangestellten betreut wird, in diese Hütte sind nicht einmal alle Nachbarn hineingekommen. Aber einige traten doch in die kleine Stube, ohne daß es ihnen verwehrt worden wäre, und alle bekreuzigten sich, obwohl keiner laut betete, denn der Familienvater, der brauchgemäß die Rosenkranzgebete vorspricht, ließ sich nicht blicken, lag in der Kammer nebenan oder saß dort auf einem Stuhl, und die Mutter konnte die Lippen nicht auftun, sie stand neben dem Stubenfenster, durch das einen Tag lang das Licht auf den Sarg fiel. Die Mutter redete mit niemandem und dankte auch niemandem, sie starrte die wenigen Dorfleute blicklos an, die da hereinkamen, um nichts anderes zu tun, als links und rechts sich umzusehen und vor dem Sarg ein Kreuz zu schlagen.

Wochen danach habe ich gehört, daß der Vater wie verbarrikadiert in der Kammer daneben jedem Wort, jedem Seufzer, jedem Geräusch des Dorfes nachgelauscht haben soll, jedem Nachbarn, jedem Schritt eines Feindes, der ihm besonders im Winter auflauern konnte, wenn der

Schnee schnell fällt und die Decke über Nacht wächst, die auch Blutspuren weiß macht.

Ich bin draußen vor der Hütte gestanden, ich war nur fünf oder zehn Minuten in der Stube drinnen, eigentlich wollte ich gehen, aber es war mir nicht möglich, weil um dieses Holzhaus die Dorfleute herumstanden, ich dachte: sie sind neugierig. Doch sie standen nicht in Gruppen herum, und sie redeten nicht miteinander, ich weiß nicht, wann mir auffiel, daß sie einfach so dastanden, jeder für sich, und niemand redete. Der Wald war nur wenige Schritte entfernt, und davor war die abgeweidete Gemeindewiese. Ich wollte weggehen mit meiner Frau, heimgehen wie zu einer Erlösung, aber die Nachbarn blieben weiter um diese Holzhütte herum und sahen vor sich hin. Sie standen einfach da, und ich dachte: sie weinen.

Und zum erstenmal habe ich sie vielleicht erkannt, sie standen da, ohne zu reden und seltsam voneinander getrennt, als lauschten sie Geräuschen, die sie vielleicht immer schon gehört hatten, diesmal aber wie zum erstenmal.

Die Nähe ihrer Füße

Auf dem Balkon wirbelte der Wind die raschelnden Platanenblätter eines anderen Sommers herum.

Er lag in schwarzen Jeans und schwarzem Pullover auf einem Kanapee, Nela, ebenfalls angekleidet, hatte sich auf dem Kanapee an der anderen Wand, die mit seiner Wand zu einem rechten Winkel zusammenlief, eine Decke bis über den Mund gezogen. Er spürte die Nähe ihrer Füße, ohne sie berühren zu wollen; ihre Gesichter trennte die fast größte Entfernung in diesem Raum, sie hörten auf den Wind, der kalt unter dem metallenen Türrahmen des Balkons hereinwinselte.

Er hatte alle vorhandenen Lampen angeknipst, und doch schummerte im Raum ein Halbdunkel, nebenan im Schlafzimmer war die Birne ausgebrannt, finster und kalt darunter das große Bett, es war gerade genug Platz, seitlich zum Kopfende zu gelangen. Er blieb lieber auf dem Kanapee; zu jeder anderen Zeit hätte ihn das Geräusch des Windes, das Ächzen der Äste des Baumes vor dem Balkon behaglich gestimmt, jetzt schärfte es seinen Blick für die Tür. Nela lag mit dem Rücken an der anderen Wand und schaute zu ihm herüber, sie verstanden einander, aber waren zu erschöpft, um sich bemitleiden zu können; wenn er hinübersah, begegnete er ihren Augen, die glanzlos dunkelten, er fragte sie nichts, er wollte nichts mehr erklärt haben und auch nichts erklären. Vielleicht wußte er überhaupt zuwenig oder nichts von ihr, verzeih, hatte sie in der einzigen Umarmung am Flughafen gesagt, ich muß meine Gefühle prüfen, wie kann ich das, doch nicht hier zwischen diesen Hallenwänden?

Es war nicht ihre Wohnung, eine Freundin hatte ihr die Schlüssel überlassen. Auf zwei, drei Regalen waren Bücher gereiht, wahrscheinlich ungelesen, vielleicht empfand er sie so, weil das Lampenlicht sie nicht voll erreichte, sie im Halbdunkel standen und keine Wärme vermittelten, obwohl er nur einen Schritt von der Bücherwand entfernt die Drähte des Elektrostrahlers glühen sah, den Nela gleich beim Betreten der Wohnung eingeschaltet hatte. Sein Koffer lag noch aufgeklappt am Boden, der Deckel lehnte an der Kante des Rauchertischches zwischen den Kanapees. Wir können einander nichts mehr erzählen, dachte er, und darüber zu reden war sinnlos geworden. War er nicht hergekommen, um dies zu wissen? Sie hatte schon vor seiner Ankunft zwei Whisky an der Bar in der Flughalle getrunken, gestand sie ihm, war bereits todmüde zum Flughafen hinausgefahren, nach einem langen Arbeitstag, und wartete viel zu früh in der Ankunftshalle, er kam erst eineinhalb Stunden später an. Sie lehnte an einer Säule mit scheinbar gleichmütigem Gesichtsausdruck, er sah sie sofort, und sie löste sich von dem Betonpfeiler und machte zwei, drei Schritte. Hatte er sie umarmt? an sich gezogen? Wahrscheinlich, gewiß. Er sah es nicht mehr vor sich, aber der Gleichmut in ihrem Gesicht war eine Maske, die er an ihr kannte, wenn sie Angst hatte vor plötzlicher, ungewohnter Nähe. Willst du etwas trinken? fragte sie ihn und, als er zustimmte, zog sie ihn mit sich zur Bar in der Ankunftshalle, wo der Mann mit der weißen Jacke ihr wie einer Freundin zulächelte. Sie bestellte zwei Ballentines und dann noch einmal zwei, und er trank, obwohl er schon im Flugzeug Sekt aus Plastikbechern geschlürft hatte. Jäh stürzte urvertraute Nähe über ihn; später in der Nacht, als sie ihn in das Ende hetzte, sagte sie: Ich habe bis Dezember gewartet, das war meine Zeit, dann das lange trostlose Jahresstück, in dem ich nach nichts verlange, und da kommst du, warum bist du nicht früher gekommen? jetzt muß ich mich betrinken, um Nähe ertragen zu können.

Vom Flughafen waren sie zunächst in diese Wohnung gefahren, sie wollte bleiben, oder er fühlte, daß sie geblieben wäre, hätte er gesagt: Bleiben wir, aber er sagte: Auf jeden Fall gehen wir noch aus. Er schlug es vor, als müßte er sie überreden. Es war, als hätte er das Gedächtnis verloren, auch für die Gegenwart, er lebte, schien ihm, zehnfach, hundertfach vergrößert, aber er konnte fast nichts für die Erinnerung registrieren, kaum etwas mit den Augen festhalten. Sie nahmen wieder ein Taxi, er spürte sie immer ganz nah neben sich und er redete wohl auch mit ihr, doch nichts davon blieb in seiner Erinnerung. Erst das hellerleuchtete Restaurant an der Hafenpromenade erlebte er als festgehaltenes Bild, sie hatten dort einmal vor Jahren an einem Samstagvormittag ein Glas Weißwein getrunken an der Theke, jetzt war es ein gläsernes Schiff mit Vitrinenwänden, sie waren die einzigen Gäste, eine Stunde vor Mitternacht. Aber er fühlte nicht die Leere des Raumes, im Gegenteil, das Licht schien ihm so warm und gleichzeitig so festlich, als säßen sie unter vielen lachenden, schmatzenden, trinkenden Leuten, und er sah auf Nelas lachendes Gesicht, ihre Augen strahlten, sie unterhielten sich wie in ihren schönsten Stunden, beinahe kindhaft ausgelassen, willst du Champagner, fragte sie ihn, als der Kellner die Bestellung aufnahm, ja, Champagner, stimmte er zu, natürlich, und was immer sie zu essen vorschlug, war ihm recht: Navette, längliche Schalentiere und dann Langusten, er hatte weder Hunger noch Durst, nicht einmal Lust zu essen, doch es gefiel ihm, mit Essen und Trinken beschäftigt zu sein; mit den Fingern riß er an dem roten Langustengehäuse, wischte sich den Saft von den Händen, fuhr mit der Serviette über den Mund und trank sein Glas in ein, zwei Zügen aus. Es war nicht wichtig, was sie redeten, es war wichtig, daß nicht einen Augenblick lang so etwas wie Leere oder Distanz zwischen ihnen spürbar werden konnte, so als hätten nicht eineinhalb Jahre Abwesenheit sie getrennt. Und sie erzählten auch nichts von dieser langen Zeit, nichts von den Sommertagen und Nächten, nichts von den vielen Stunden, die er geisterhaft verlebt hatte, ihre Welt in seine hereindenkend, hereinrufend, sie fragten einander nicht aus, nein, es war, wie wenn sie das Licht der Lampen zerkauten, den Fußboden des Restaurants feierten oder die Nacht draußen vor der Glaswand, die Meeresnacht, die für sie beide ein Zusammenrinnen war. Aber so dachte und fühlte e r, fühlte und dachte auch sie so? Er wußte es nicht, er glaubte es, weil sie ihm in diesem Restaurant keine Angst machte. Später veränderte sie sich, aber er merkte es nicht gleich, und außerdem wehrte sie sich anfänglich dagegen, wie er sich erinnerte, sie wollte nicht in gewisse Lokale, wieder drängte er sie, vielleicht selbstzerstörerisch, neugierig auf Entblößung, auf das Ende oder einen ganz anderen Anfang, einen Zugang zu finden zu ihrer anderen Welt oder Existenz, die er, wie er fürchtete, ganz und gar nicht kannte, er feuerte sie sozusagen an, ein böses Fest zu feiern, auf dem sie ihre Illusionen zerstören könnten. Deshalb wohl verfielen sie mehr und mehr in ein Schweigen, das ihn jedoch keineswegs bedrückte, sondern wie eine Art komplizenhaftes Einverständnis anmutete. Er erkannte die schmutzigen Fassaden der abbröckelnden Häuser wieder, den alten Verputz dieser Häuser, die Regenrinnen, als hätten sie die Vertrautheit von Zeugen, diese grauen Fassaden, der braundunkle Lack der Tore, er folgte ihr mit einer trunkenen Gleichgültigkeit; einmal standen sie in einem riesigen gewölbten Weinlokal vor leeren Tischen und Stühlen, hinter der Theke der Wirt mit weißer Schürze, geschäftig rannte er hin und her, räumte Flaschen und Gläser weg, machte vermutlich den Laden dicht, dann und wann warf er Wortfetzen einem Mann etwas abseits von der Schank zu. Nela ließ sich ein Glas Rotwein einschenken, trank es aber nicht aus, sie sah ihm zu, wie er mit etwas zurückgebeugtem Kopf sein Glas leerte, nein, sie wollte keinen Wein.

Später wußte er: Wir blieben nie stehen, um uns näher zu fühlen, wir umarmten uns nicht, wir gingen wie betrunkene Verurteilte freiwillig zu unserer Bestrafung, ich weiß, daß ich die ganze Zeit über traurig war und böse zugleich, ich wollte etwas kaputtmachen und war enttäuscht darüber, daß es sich kaputtmachen ließ, und das machte auch meine Traurigkeit aus, ich war unfähig, es zu verhindern.

Sie bogen in die Arkaden eines Platzes ein, der mehr als irgendein anderer ihr Platz geworden war. Hier hatten sie ganz am Anfang gesessen und Bier getrunken, das zuckerschwer schmeckte, mitten unter Rentnern, Alkoholikern und jungen ausgemergelten Drogengesichtern, er dachte: Wir liebten uns auf Messers Schneide, inmitten dieses kaputten Lebens. Auch damals hatten sie nicht viel geredet, sondern in die Sonne geblickt, er mit halbgeschlossenen Augen, sie durch ihre braungerandete schwarze Brille, jeder hatte eine Hand in der Manteltasche des anderen, erschöpft und unausgeschlafen.

Jetzt war es Nacht, und er stellte sich vor, daß sie diesen Platz wie zufällig gefunden hätten, vielleicht aber spielte der Zufall überhaupt keine Rolle. Aus einer Ecke des Platzes, dort wo die Arkaden sich in einem rechten Winkel zusammenzogen, drangen Musikrhythmen und verstärkter Lichtschein auf den im übrigen spärlich beleuchteten Kies, sie sahen junge Leute durch eine helle

Glastür gehen. Eine Kneipe, kennst du sie? Er schob sie mit dem Druck einer Hand in diese Richtung, sie zögerte, schien ihm, aber gleich darauf tauchten sie schon in Stimmenlärm, New Wave-Sound, Zigarettenqualm und Alkoholmief ein, er mußte sich mit Nela zur Theke hin durchzwängen, und mitten unter den Herumstehenden begann er zu frösteln, jäh spürte er, daß sie hier zu Hause war, oder bildete er sich nur ein, daß ihn so viele Augen seltsam musterten, während sie vor sich hin sah und spöttisch lächelte? Sie tranken irgend etwas, vielleicht Ballentine oder Bier, vielleicht beides zusammen; er schaute auf die Köpfe im Rauchnebel, sah die aufgerissenen Münder der um ihn herum Stehenden. In diesem Lokal begann das Alleinsein, obwohl Nela nicht von seiner Seite wich, er hörte den gekeuchten Song aus den Boxen ganz für sich allein, trank aus seinem Glas wunschlos und ohne Begierde, er wollte auch nicht schlafen gehen, etwas wie Schadenfreude gegen sich selbst belebte ihn, belebte eine Art Vivisektion seiner Beobachtungen inmitten von Rauch und Sound. Ihm schien, als spräche sie mit allen, auch mit dem Mann in Hemdsärmeln hinter der Schank, mit allen, nur nicht mit ihm, vielleicht aber sagte sie dennoch immer wieder etwas zu ihm, er wollte es nicht mehr wahrnehmen, er hatte sich auf das Ende eingespielt, er war betrunken. Irgendwann verließen sie diese Kneipe der Nadelstecher und Kiffer. Draußen frischte ihn die kühle Nachtluft etwas auf, er zog den Mantelkragen unter dem Kinn zusammen, und da bemerkte er zwischen den schmalen Häuserschluchten weit weg die dünne Mondsichel, er legte einen Arm um Nela, aber nach ein paar Schritten entzog sie sich ihm, jetzt wünschte er in die Wohnung zurückzufahren, gleich ein Taxi herbeizuwinken, doch die Gassen waren eng und winkelig, hier kam kein Auto durch, und außerdem schien sie jetzt zu wissen, wohin sie wollte, auf keinen Fall nach Hause. Es war, als ginge sie für sich, zielstrebig –, ein paar Schritte entfernt, folgte er ihr. Sie steuerte auf eine Tür zu, die durch keine Aufschrift oder Reklamebeleuchtung als Eingang in ein Lokal gekennzeichnet war, nur aus einem bemalten Fenster nebenan schimmerte buntes Licht. In der Erinnerung durchschritt er gleich hinter der Tür einen schmucklosen Raum mit betoniertem Fußboden, es hätte auch eine Sandarena sein können oder ein breiter Korridor, aber es war wohl der unbeleuchtete vordere Teil des Kneipenraumes, der am anderen Ende seinen Altar hatte, einen fast die ganze Rückseite des Lokals einnehmenden Tresen, an dem drei, vier Frauen auf hohen Stühlen hockten und hinter dem ein beinahe zahnloser Mann in den Fünfzig und eine etwa gleichaltrige Frau ihnen mit erwartungsvollem Lächeln entgegenblickten. Nela bestellte einen Whisky, und er sagte: Auch für mich. Erst jetzt bemerkte er an der Wand, rechts bevor man zur Bar kam, zwei, drei Tischchen mit einigen Mädchen und Frauen, kaum ein Junge darunter, es sei denn als Tunte verkleidet. Ohne Zweifel kannte man Nela hier, sie gab Auskunft über ihn, er hörte sie seine Staatszugehörigkeit erklären; dann entfernte sie sich, ging zu den Tischchen im Halbdunkel an der Wand, eine Frau stand auf, redete mit ihr. Der Zahnlose, der ein teigiges Altweibergesicht hatte und vermutlich eine Perücke, schob eine Flamenco-Kassette ein, und schon löste sich ein Mädchen von einem Stuhl an der Wand und begann sich in Pose zu werfen und Figuren zu tanzen. Die Fläche vor der Bar wurde zur Arena, auch Nela begann, das Whiskyglas in der Hand, mit den Schultern zu zucken, ihr Körper straffte sich und ihr rechter Fuß schlug fast knatternd auf, sie tanzte mit dem Mädchen, ohne es zu berühren, von Zeit zu Zeit warf sie ihren Schal über eine Schulter, eine stolze Gebärde, die er an ihr noch nie gesehen hatte, dabei lächelte sie wie in sich versunken, ein bitteres, vielleicht böses Lächeln. Er wollte weg von hier, und als der Alte endlich die Kassette wechselte, sagte er es ihr, aber sie hörte ihm nicht mehr zu, sie schien ihn nicht einmal mehr zu kennen, ein völlig fremder Mensch, sie tanzte weiter, und wenn sie nicht tanzte, redete sie mit dem Mädchen in hautengen Jeans, er sah die glanzlosen Augen, die schmalen Lippen. Wenn er jetzt gegangen wäre, hätte er sie nie mehr gesehen, er hatte keinen Straßennamen im Kopf, um die Wohnung zu finden, wo sein Koffer auf dem Teppich lag, und er hätte auch keinen Schlüssel gehabt. Aber es war nicht wegen des Koffers, es war, daß er sie noch einmal anders sehen wollte, bei Tag, er konnte nicht glauben, daß sie ihn so plötzlich verleugnen, nicht mehr kennen wollte. Es ging etwas Feindseliges von ihr aus, als ob sie die anderen geradezu gegen ihn hätte aufbringen wollen, sie, seine Komplizin von tausend Jahren auf Sandwegen an einem fernen See, sie, die mit ihm gelacht hatte am Meer in einem überfüllten Speisesaal, sie, die ihn so oft beschworen hatte: Bleib, sonst geh ich zugrunde. Er versuchte sich ihr tanzend zu nähern, ganz nahe an ihrem Gesicht bat er sie, mit ihm von hier wegzugehen. Sie antwortete ihm nicht, nicht einmal mit einem Achselzucken. Während er sich das leere Whiskyglas immer wieder füllen ließ, tanzte sie mit graugesichtigen Prostituierten; manchmal in einer Pause, wenn die Musik wechselte, sah er sie reden mit irgendeiner der Frauen am Tresen, nicht weit von ihm entfernt, oder mit einer Tunte an den Tischchen längs der Wand. Dann bemerkte er, daß alle Blicke sich fast gleichzeitig auf den Eingang richteten, auf die Tür und auf ihn, während aus dem Halbdunkel des Korridors ein

Mädchen heranhinkte, eigentlich direkt auf Nela zukam, ein unscheinbares Mädchen, die brünetten Haare zu einem Zopf geflochten, die prallen Schenkel in viel zu enge Jeans gepreßt. Er dachte: auf Bestellung, jemand hat diese hinkende Dicke verständigt, herbeigerufen. Beide Hände in den Taschen einer Windjacke vergraben, unterhielt sie sich mit ihr, in zwei, drei Meter Entfernung von ihm, blickte auch mal herüber, ohne ihm einen Gruß zuzunicken. Er fühlte eine tiefe Selbstvernichtungslust und gleichzeitig genoß er das jähe Wissen: Ich bin frei. Jahrelange Absenz von der Gegenwart – vorbei, endlich wieder anwesend für alles, für jeden gewöhnlichen Augenblick, er wurde fast ohnmächtig vor Gefühlskälte –, der Whisky war miserabel. Statt ins Singen und Schwingen zu geraten, fühlte er sich immer nüchterner werden. Schließlich zogen sie zu dritt ab – gehen wir, sie bringt uns wohin, hatte Nela zu ihm gesagt –, und er zahlte und folgte den beiden auf die Straße hinaus. Möglicherweise hatte er alles anders gesehen als es wirklich war, gewiß, sie und er wollten sich weh tun, auch wenn keiner vielleicht wußte, warum; vielleicht waren es die lange Trennung, die lange Abwesenheit, die Wünsche, die sie beide in dieser Abwesenheit aufeinander projiziert hatten, und die Enttäuschung jetzt über ihre Unfähigkeit, die gewollte Unwirklichkeit auszuleben, daß sie sich gegenseitig straften.

Tatsächlich rächten sie sich aneinander beinahe blindwütig, ohne zu wissen, wogegen und warum. Das Mädchen ging neben Nela her, aber in der Erinnerung sah er die Jeansstramme auch, als wäre sie vor ihnen hergegangen, sie führte sie jedenfalls durch die winkeligen Gassen, während er auf Nela einredete, die junge Dicke mitzunehmen in die Wohnung, mich stört es nicht, beteuerte er, du kannst mit ihr –, was du willst. Sie ging darauf nicht ein, und da öffnete das hinkende Mädchen schon die Tür zu einem Lokal, das sie wohl geeignet hielt für einen Touristen, eine Kneipe, beleuchtet wie ein Speiserestaurant. An einem der hellbraun gelackten Holztische spielten zwei Halbfünfziger mit Gitarre und Tamburin und auf ein Zeichen der Dicken näherten sie sich sofort der Theke, wo er mit den beiden Frauen stand. In ihm kreisten Erbitterung und Wut, ohne genau zu wissen warum, wollte er beleidigen und wandte den Musikanten beinahe höhnisch den Rücken zu, genausogut hätte er sie auch ohrfeigen können, und tatsächlich waren es Ohrfeigen für sie, er spuckte in ihr Herz. Der Gitarrist sang ein katalanisches Volkslied, es war so schön, daß er sich umdrehte und in das verzerrte, beleidigte Gesicht des Sängers sah, der andere mit dem Tamburin hatte zu spielen aufgehört, rief seinem Partner etwas zu, zog ihn schließlich weg von ihm; er sah das konsternierte Gesicht des

Sängers und verstand nichts mehr oder doch: er las darin sein eigenes unvermeidliches Unglück, Nela hatte es gesucht und vielleicht gehofft, es nicht zu finden, er aber war auf ihre Provokation hereingefallen, war wohl selbst auf der Suche gewesen. Draußen schickte sie das Mädchen weg; weißt du, daß ich mit ihr schon Liebe gemacht habe, fauchte sie ihn an, und er: Warum hast du sie nicht mitgenommen, warum nicht? Sie hielten ein Taxi auf, ich mag dich nicht mehr, verstehst du, ich fühle nichts mehr für dich, hatte sie ihm zugezischelt und war dann verstummt. Stumm hatten sie sich aufs Bett zurückgezogen, hatten – jeder für sich – zu onanieren begonnen, später riß sie seine Hand zu sich herüber, aber er konnte sie nicht hassen, nicht einmal verabscheuen, nein, im Gegenteil, er schlief ein, verletzt von sich selbst, elendiglich entfernt von dem einzigen Menschen, der ihm vielleicht wie kein anderer ähnelte.

Er hätte sich eine tiefe, traumlose Bewußtlosigkeit gewünscht, aber er schlief kaum ein paar Stunden in diesem ungeheizten, lichtlosen Zimmer. Und er spürte den Schweiß auf seiner Brust, obwohl die Decke zu dünn war, um ihn zu wärmen. Und er wußte, daß Nela bis weit in den Mittag hinein würde schlafen. Barfuß ging er über den Fußboden ins Bad, schrubbte seine Zähne, er achtete darauf, keine Geräusche zu machen, auch kein

Licht, er tastete sich durch das Halbdunkel; durch das Balkonfenster des Wohnzimmers drang Morgengrauen herein, nur sie nicht wecken, nicht reden jetzt, keine Vorwürfe, keine Abrechnungen; im Bett rückte er an den Rand, seitlich mit angezogenen Knien, ihr Atem kaum hörbar, ich werde sie nie mehr sehen, diesen Tag noch überstehen, ruhig, ohne Streit, ohne Provokation, mit lächelnder Selbstkontrolle, diesen Tag und die darauffolgende Nacht, es war nicht mehr wichtig, ob sie ihn noch oder ob sie ihn nicht mehr mochte, ich habe mir Unwirkliches eingeredet, aber trotzdem, nichts, was er bereute, im Gegenteil, alles hätte er noch einmal getan, nur: jetzt mußte er auch die Kehrseite ablecken, durchhalten wie im Traum, er fühlte mit den Fingern den Schweiß auf seiner Brust, zeitweilig verlor er sich in halbwacher Fremdheit, schlief dennoch immer wieder eine Stunde oder mehr, manchmal hörte er Geräusche, eilige, abwärts laufende Schritte aus dem Treppenhaus und das Schließen der Türen, keinen Straßenlärm, keine Autos, einmal schlüpfte Nela aus dem Bett, wortlos, lief ins Bad, kehrte zurück und tauchte wortlos wieder unter die Decke, rollte sich zur Seite, weg von ihm. Je wacher er wurde in der kaltfeuchten Finsternis dieses Zimmers, desto größer wurden die Leere in ihm, der Ekel, die Beleidigung, die Wuttrauer, so daß er schon froh war, als er zum ersten Mal wieder ihre Stimme hörte, abrupt fragte sie aus dem Polster heraus: Ist es noch zu früh am Morgen, um auf die Straße zu gehen? Mach dir trotzdem einen Kaffee, ich brauche keinen. Er sah die Leuchtziffern seiner Uhr, Mittag war schon vorbei. Es ist halb zwei, sagte er – ahora sí, ja dann, redete sie plötzlich laut ins düstere Zimmer hinein, wohin willst du essen gehen? ans Meer? Aber dort haben sie alle Häuser niedergerissen, sag mir, wohin willst du gehen?

Ganz gleich, irgendwohin.

Nein, du mußt mir sagen, ob du ans Meer willst.

Ja, ans Meer.

Aber dort gibts kein Restaurant mehr.

Dann irgendwo anders, auch gleich um die Straßenecke. Ich bin ja nicht hungrig.

Sie zog sich an, machte ihm Wasser heiß für einen Nescafé, das Bad war ungeheizt, trink einen Schluck, ermunterte sie ihn. Der Kaffee belebte ihn nicht, er hatte kein Kopfweh, aber ihn schwindelte ein wenig, und immer mußte er denken, was tun wir hier miteinander.

Im Taxi setzte sie ihm noch einmal mit der Frage zu: Wohin willst du fahren? Ans Meer?

Ja, gut, ans Meer.

Aber dort finden wir kein Restaurant mehr, sie haben die Häuser am Strand alle niedergerissen.

Ich weiß, also laß uns zu irgendeinem Lokal in der Stadt fahren.

Zu welchem?

Er wollte aufschreien, du bist hier zu Hause, das ist deine Stadt, was soll ich dir denn Namen von Lokalen nennen, ich habe sie alle vergessen, in denen wir einmal waren. Mir ist es gleich, wohin wir gehen, ich bin nicht hungrig.

Wir werden aber wohl nicht wieder in die Wohnung zurückkriechen?

Während sie auf ihn einredete, fuhr der Taxichauffeur langsam durch schmale Gassen, einmal links, einmal rechts, und fragte von Zeit zu Zeit, ob er anhalten solle, doch Nela sagte, nein, nein, er möge nur so dahinfahren, schließlich schien er ihre Ratlosigkeit verstanden zu haben und meinte, es gebe schon noch eines der alten Restaurants direkt am neuerdings umgepflügten Sandstrand.

Magst du dorthin? fragte sie. Nichts lieber, sagte er und bekam nicht die Nacht aus den Augen, aus seiner Erinnerung, sah Nela selbstvergessen in der Lesbenkneipe tanzen, jetzt ließ sie sich vom Taxifahrer erzählen, warum es noch dieses Restaurant gab am Meer. Er hörte ihre kleingehackten Fragen, sie fielen wie Patronenhülsen aus einem ratternden Maschinengewehr über den leeren Beifahrersitz des Taxilenkers; ruhig und überlegt kamen dessen Antworten. Ich, erinnerte er sich, hörte zu, ohne verstehen zu wollen, aber mir fiel kaum auf, daß ich ihre Sprache nicht sprechen konnte. Manchmal erkannte er eine Straße wieder, eine Allee, eine Bankfassade, das Postgebäude und nur von ferne dämmerte in seiner Erinnerung die Atembeengtheit, mit der er zu anderen Zeiten durch diese fremde, von ihm selbst gewählte südliche Heimat getaumelt war, jetzt versteinerte ihn die Enttäuschung der vergangenen Nacht, und doch war es eher Selbstverletzung, die ihn schwächte; als hätte er tatsächlich einen großen Blutverlust erlitten, so matt fühlte er sich.

Das Taxi brachte sie zu einer halben Häuserruine, links und rechts der Schutt demolierter Häuser, er erinnerte sich, es waren einstöckige Häuser gewesen, und aus ihm unbekannten Gründen hatte die Baggerraupe hier still gehalten, eine fensterlose Fassade ragte auf, eine nackte Flanke, an der die Greifspuren der Baggerzähne zu sehen waren, aber vor der Glastür standen auf schrägen Tischchen wie eh und je die Körbe mit Krebsen, Krabben und anderen Muscheltieren, und auf zerstampftem Eis lagen die rot- und silberschuppigen Fische. Sie bekamen einen Tisch an der Glaswand zum Strand hin, es waren in dem weitläufigen Raum kaum mehr als drei oder vier der vielleicht zwanzig Tische besetzt. Sie wählten ihre Stühle so, daß jeder auf den Strand und die blaue Wasserfläche blicken konnte, aber auch in das Gesicht des anderen. Nelas Augen wiesen ihn nicht mehr ab, sie fragten ihn auch nichts, ruhig sahen sie ihn an, vielleicht lächelten sie sogar ein wenig, er fühlte, daß sie wieder etwas suchte in seinem Gesicht, etwas Vertrautes, etwas Erlösendes vielleicht, eine Antwort, die sie gerettet hätte –, er konnte ihr diese Antwort nicht geben, obwohl er das Meer draußen sah, obwohl er sich erinnerte, dass sie auch in diesem Lokal schon gesessen und eine Paella bestellt, aber nur zur Hälfte verzehrt hatten, ich war damals zu aufgeregt und zu glücklich gewesen, dachte er. Jetzt sah er das Wasser in der Februarsonne über den Sand lecken, mit langen schmalen Kronenlippen, neben ihm stand ein Kellner mit gezücktem Notizblock. Was möchtest du essen? fragte Nela. Was möchtest du gerne? fragte er zurück, aber da er wußte, sie würde nur auf seinen Wünschen beharren, fügte er schnell hinzu, nehmen wir eine Paella und zuvor ein paar gekochte, kalte Meeresfrüchte und Salat. Sie war einverstanden und bestellte auch eine Flasche Weißwein: Der dir immer geschmeckt hat, sagte sie. Über die Tische waren weiße Tücher gezogen, so weiß wie die schmucklosen Wände, es war, als ob er zwischen Wänden aus Wasser und Luft gesessen hätte, du magst das Meer, sagte sie, du bist einer von hier, ja, dachte er, dieses Andere, dieses Unter-Fremden-Sitzen, dieses Weitwegvonzuhause mit ihr, die hier zu Hause ist, war auch ein Teil der Nähe zu ihr gewesen, das Ferne, das Fremde hatte sie verbunden. Er fühlte sich so elend, daß er jäh vom Tisch aufsprang und weglief in den Waschraum, es brach so vehement und laut aus ihm heraus, daß die dünne Toilettentür wohl kaum als Schalldämpfer ausreichte, er erbrach die ganze lange, ekelige, fremde Nacht, er stützte sich mit einer Handfläche an der Wand ab, mochte sie auch unter seinem Druck einstürzen; ohne irgendeine Scham kehrte er zu Nela zurück, vorbei an den Kellnern, von einem Ende zum anderen des Saales. Er hob das Glas, lächelte ihr zu, sie lächelte zurück, er trank, fühlst du dich besser? fragte sie, ja, sagte er und versuchte noch zwei, drei kleine Schlucke hinunterzubekommen. Er begann von einem Freund zu erzählen, den sie kannte, von seiner jungen Freundin, einer Keramikerin, zwischendurch knabberte er an einem Salatstück, schob sich einen dünnen, lilaroten Polypenarm zwischen die Zähne, er hätte vieles darum gegeben, hungrig zu sein und durstig, er hätte gerne wild drauflos gegessen und ein Glas nach dem anderen hinuntergegossen, aber er stocherte auch in der Paella nur herum, häufte ein wenig safrangelben Reis auf die Gabel, zerrupfte eine rosanackte Garnele, erzählte von der jüngsten Ausstellung der Keramikerin, die Nela nicht kannte, beschrieb deren Frisur, die öligschwarzen Haare, griff zwischendurch immer wieder zum Glas, er zwang sich, in kleinen Schlucken möglichst oft zu trinken, bis er allmählich in diesen lächelnden Zustand geriet, eine Art stumme Direktheit, die in die Finger überging, in den Blick, lautlos und ohne daß er sich bewegte, strichen seine Finger über ihren Atem, über ihren Herzschlag, seine Augen streichelten ihre Augen, gehen wir, bat sie ihn, gehen wir über den Strand. Aber sie versanken mit ihren Schuhen im Sand, der naß war von der Flut, und nach wenigen Schritten kehrten sie wieder auf den Asphalt zurück. Wo früher die Imbißbuden und kleinen Fischrestaurants gestanden hatten, mit den Tischen und Stühlen im Sand, breitete sich jetzt ein winterleerer, von jedem Abfall gereinigter Badestrand aus, in regelmäßigen Abständen ragte eine Palme oder eine Dreiergruppe von Palmen auf, jüngst erst eingesetzt, der Blätterwuschel für den Transport gestutzt. Zum Wasser kamen sie nicht, es wären fünfzig oder mehr Schritte zu tun gewesen, er drückte sie mit seinem rechten Arm lose an sich, während sie über den in den Sand gesetzten Asphaltstreifen zur Hafenstraße spazierten; plötzlich war nichts mehr von der Nacht zwischen ihnen, als hätten sie es von vornherein besprochen gehabt, diese Probe eingehen und bestehen zu wollen, aber sie sagten davon kein Wort, von Zeit zu Zeit schmiegte sie ihren Kopf in seine Halsbeuge, und sie gingen langsam und sehr rhythmisch, als würden sie sich ihrer Schritte bewußt sein.

Nichts an der Gegend, nichts woran sie vorbeikamen, war lieblich: aufgelassene Fabriken, verrottete Lagerhallen, eingeschlagene Fenster, vom Straßenstaub und Auspuffgasen geschwärzte Tore, manchmal verrammelt mit Balken, kaum einmal ein schmaler Fußgängersteig. Die meiste Zeit schritten sie auf der Straße dahin, wenig Verkehr, einmal ein quergestelltes Polizeiauto, hinter diesen verfallenden Gebäuden rollte das Meer, Wind wirbelte Papier und Sand auf, er sah den Dreck auf der Straße, darüber den Möwenhimmel, und an die Gefängnismauern früherer Arbeitszellen schwappten die nervösen Februarwellen des Meeres. Einmal sich hinstellen mit in den Sand gerammten Spreizbeinen und mit ausgebreiteten Armen alle salzigen Düfte umarmen! Er hielt seinen Arm um Nela, wie um all das zu schützen, was er verstand von ihr, sie war eine Art Macchia, ein salz- und winddurchdrungenes Strauchdickicht. Sie hatten auch ins Kaiwasser des Handelshafens geblickt, waren dann auf die Dammstraße hinaufgestiegen, um auf dieser Betonpromenade noch ein langes Stück zu gehen, flankiert von der Bläue des Meeres; der Wind wurde immer stärker, er mußte mit der linken Hand die Hutkrempe herabziehen, ihr wehten die fransigen Enden des Schales wie zwei Flügel über die Schultern, sie zitterte, wir müssen ein Taxi finden, also stiegen sie über eine Treppe wieder hinunter zur Hafenstraße, aber weit und breit war kein Taxi auszumachen, schließlich gelangten sie zu einem leeren Parkplatz, ein Bus rollte eben langsam an, aber hielt noch einmal auf ihr Winken, ein fast leerer Bus, sie fuhren bis zur nächsten Haltestelle und nahmen dann ein Taxi.

Mitten am Nachmittag waren sie in die Wohnung zurückgekehrt, morgen würde er Nela verlassen, es waren nur mehr Stunden, doch irgendwie, schien ihm, war er hier noch nicht angekommen, auch wenn in den Straßen des Hafens und oben auf der Dammpromenade, als der Wind in ihren Gesichtern herumbiß, beinahe die alte Verschworenheit aufgekommen wäre, die selbstverständliche Vertrautheit, daß sie eins waren, als hätten sie die gleichen Verstecke gekannt als Kinder, als hätte er von Anfang an mit ihr die Macchiagerüche und die Sonntagnachmittage einer Hazienda auf der Afrika zugewandten Seite ihrer Heimatinsel erlebt, es war kein Streit zwischen ihnen, als sie in die Wohnung zurückkehrten, aber er war so kraftlos, daß er sich gleich auf das Kanapee gegenüber der Glastüre des Balkons hingestreckt hatte im schwarzen Pullover und schwarzen Jeans, sie machte sich im Bad zu schaffen, dann legte auch sie sich auf das Kanapee an der Wand, die rechtwinklig von seiner weglief, ihre Füße waren sich am nächsten, ohne sich zu berühren, doch die Gesichter waren weit entfernt, vielleicht hätte er sich zwingen sollen, diese zwei Meter zu ihr hinüber zu gehen. So aber verlor sich diese Kraft, die sie am Meer, in dem verrotteten Hafenviertel, zusammengehalten hatte. Auf dem Balkon raschelten dürre Blätter, von Zeit zu Zeit wirbelte ein Windstoß sie durcheinander, Nela war unter eine Wolldecke gekrochen, im schwarzen Minirock, schwarzer Strumpfhose und einer cremeseidigen Bluse, ihre dunkelbraunen Haare hatte sie etwas gefärbt, ihm war der rötliche Schimmer schon in der Flughafenbar aufgefallen, nur wollte sie nicht darauf angesprochen werden.

Sie schaute zu ihm herüber wie auf ein Produkt der Abwesenheit oder der Hoffnung oder der Selbsttäuschung. Und er blickte zu ihr hin, wie zu einer Erinnerung an ein Versprechen, das ihn hätte verwandeln sollen –, an ihr war nichts falsch, und wenn sie eine Hure oder eine sogenannte psychisch Kranke gewesen wäre. Ohne daß es ihn trieb, stand er auf und machte die zwei Schritte zu ihr hinüber, sie rückte ein wenig zur Seite, so daß er für sich Platz fand zwischen ihr und der Wand, er war zu ihr gegangen, weil er ihren Augen vertraute, und die Wärme ihres Körpers erlöste sie beide, er liebte den herben Geruch ihrer Haut. Gehen wir ins andere Zimmer? fragte sie.

Im düsteren Zimmer mit dem großen Bett und ohne einer intakten Lampe sagte sie ihm, sie sei ihm auch in der vergangenen Nacht ununterbrochen nahe gewesen, in jedem Augenblick, sie preßte seinen Kopf, sein Gesicht in ihr Fleisch und mahnte ihn gleichzeitig, vorsichtig zu sein. Aber er wollte nicht vorsichtig sein, er wollte sich vergessen können und liebte sie voll Angst, er drang in sie ein wie in eine Krankheit.

An diesem ihren letzten Abend gingen sie nicht mehr aus, nur Nela verließ für ein paar Augenblicke die Wohnung, um im Laden an der Ecke etwas Brot und Schinken und Bier für ihn zu kaufen und vielleicht auch den einen oder anderen Anruf zu machen, den sie ihm in der Wohnung ersparen wollte, tatsächlich blieb sie kaum zehn Minuten weg. Er trank das Bier, brachte jedoch kaum einen Bissen hinunter, er haßte das lichtlose Schlafzimmer. In der Nacht, vielleicht war es schon gegen Morgen, spürte er ihr Gesicht, das sie gegen seine Wange drückte, er konnte nicht sehen, ob sie die Augen offen hatte, und da sie nichts sagte, blieb auch er stumm. Der nächste Morgen war ein sonniger Tag, ein Freitag, aber die Straßen, durch die ihr Taxi fuhr, erschienen ihm sonntäglich leer und heiter, jetzt, auf dem Weg zum Flughafen, fühlte er sich angekommen bei ihr, sie würden unterwegs an ihrem Arbeitsplatz halten, er würde allein weiterfahren. Aber für diese Viertelstunde war er zu ihr in diese Stadt am Meer geflogen. Sie beschrieb ihren täglichen Weg zu diesem Gebäude, in dem sie arbeitete, er sah die mediterranen Bäume in den Parkanlagen, sie zeigte auf dieses und jenes Haus, er spürte ihre Wärme durch den Mantel. Schließlich wies sie auf ein neues, mehrstöckiges Haus und bat den Taxifahrer, sie aussteigen zu lassen. Es war ein Kubus mit viel Glas, vielleicht sechs Stockwerke, ein paar Sträucher und grüner Rasen, ein paar Betontreppen zum gläsernen Vorhaus. Sie beugte sich zu ihm, nannte einige Male seinen Namen, es war das Trauergebet für alles, er blieb sitzen, während sie auf die Straße hinaustrat. Er sah, wie sie die Fahrbahn überquerte, kaum ein Auto kam in seinen Blick, er schaute durch das Heckfenster, während das Taxi wieder anrollte, der Schal hing mit einem langen Ende von ihrer rechten Schulter, sie hatte einen stolzen, ruhigen Schritt, die Schalschleife fiel ihr bis über die Hüfte, eine Handbreit oberhalb des Knies endete auch ihr Minirock.

Der Himmel über Meran

Den Himmel über Meran kenne ich nicht. Obwohl ich unter ihm geboren bin an einem Novembermorgen. Obwohl dort meine Eltern begraben sind (unter einem stetig sich verändernden Himmel).

Ich bin von dort weggeführt worden an der Hand meines Vaters oder meiner Mutter oder eines Geschwisters, war also nicht alleine am Abschiebebahnhof Meran-Untermais, vierjährig, ohne genug Zeit gehabt zu haben, den Typus Wind unserer Gegend – Westwind oder Südwind – kennenzulernen. Es war für mich zu früh, die Palmwedel auf der Kurpromenade zu bemerken, vielleicht aber waren sie mir so selbstverständlich gegenwärtig wie der Schnee auf den Bergen ringsum oder im Sommer die Weinpergeln auf den Hügeln. Für mich war der Meraner Himmel das Gesicht meiner Mutter, das sich über mich gebeugt hat, und dieser Himmel hat sich fünfmal teilen müssen, wir waren eine kinderreiche Familie.

Und auch dieses verdanke ich Meran (wenn nicht noch anderes mehr): die Dufterinnerung, ja ich erinnere mich an den Bodengeruch unserer Parterrewohnung, an die Nähe, die sich ergab von der Matratze aus, die platt auf dem Erdboden gebreitet lag, und der Übersicht, die unsere Katze wohl noch besser hatte als ich – die Muina schlief bei mir und ich roch nicht nur ihr warmes Fell, ich roch die Küche, auch die Angst im Haus vor dem Auswandern, gewiß roch ich nicht den Himmel über Meran. Eher schon die Schuhcreme auf meines älteren Bruders Lackschuhen, auf die er so stolz war, die er immer bewundert hatte an den Füßen der noblen Kurgäste, und in denen er nun, d. h. damals im Jänner neunzehnvierzig, jämmerlich fror, während wir auf dem Bahnhof Meran-Untermais auf den Zug »Heim ins Reich« warteten. Wir waren die Kinder eines ehemaligen Hotelhausmeisters, also auch Hotelschuhputzers, und zuletzt (unter Mussolinis Regime) eines Langzeitarbeitslosen.

Wir stehen unter dem Vordach dieses Meraner Nebenbahnhofs in Untermais, und ich bin seit einem guten Monat vier Jahre alt – ich habe gewiß den Himmel über dem Bahnhof gesehen, aber ich weiß nicht, ob er blaukalt oder graukalt war, jedenfalls hat es weder geregnet noch geschneit. Mir war Meran damals nicht so wichtig, wichtiger war mir meine Katze, die ich zurücklassen mußte.

Ich war ein Kind unter scheinbar ähnlichen Himmeln über alpinem Raum, mit Sonne, Regen, Nebel und Schnee und manchmal dem Wind in den Bäumen. Ganz gleich, ob in Meran oder Graz. Besser aber kenne ich den Himmel über Graz, dorthin sind wir gekommen, weil Hitler und Mussolini die Südtiroler hatten entscheiden lassen, wer deutsch bleiben oder Italiener werden wollte. Ein politischer Handel, den fast neunzig Prozent der betroffenen Bevölkerung nicht durchschaute, ich Vierjähriger dachte, wir wären nach Graz gefahren, weil dort der Patenonkel meines Bruders lebte, und der Pate war ihm noch die Firmuhr schuldig. O ja, die Unterschiede zwischen dem einen und dem anderen Himmel habe ich allmählich herausbekommen. Anfangs saß ich ja noch mit selbstgebastelter Roßkastanienpfeife im Grazer Volksgarten mit Mutter und Schwestern unter einem friedlichen Himmel, weit und breit fiel keine Bombe. Ich holte mit oder ohne Begleitung jeden Morgen das Brot für den Tag beim Bäcker »Blechschmied«, einem Eckhausladen gegenüber dem Portal der St. Andrä-Kirche. Im Turm dieser Kirche, sozusagen eine Etage unter den Glocken, hatte der Sohn des Mesners ein Refugium, eine Kammer der Geheimnisse eingerichtet, so breit, wie der schlanke Durchschnitt des Turmes war. Für uns Buben (drei, vier Ministranten) war es der Ort aller Wunder, schon das Hinaufsteigen über die hölzerne, leicht vibrierende Stiegenleiter nahm mir fast den Atem, aber angekommen in diesem abgezirkelt engen Raum hoch über den Hausdächern fühlten wir uns dem Himmel so nah wie nirgends zuvor, es war fast wie kurz vor dem Fliegenkönnen. Dennoch interessierte mich das Innere dieser Turmzelle mehr als die vorbeiziehenden Wolken. Ich wundere mich heute, wie gut dies alles ausging für uns Kinder. Denn neben der Kirche schloß sich, gleichsam wie ein Klosteranbau, eine Kaserne an, auf die bald britische und sowjetische Bomben fielen.

Heute höre ich manchmal noch das Lachen meiner Schwestern und höre gleichzeitig meinem eigenen Lachen zu: wir waren angelangt im versprochenen Paradies (»Drittes Reich« – davon verstand ich damals nichts), wir hatten jetzt, d. h. in den ersten Wochen, unsere Matratzen zwischen Schulbänken des Grazer Priesterseminars, wir Kinder richteten uns kuschelige Schlafburgen ein und tollten zwischen Schultafel und Lehrerpult herum, während die Nerven unserer Eltern offenbar immer schwächer wurden; meinen Vater hörte ich immer wieder ausrufen: Ich hab einen Bock geschossen. Für mich war das auch etwas zum Lachen, denn daß mein Vater kein Jäger war und schon gar nicht in dieser fremdneuen Stadt – das wußte auch ich mit erst vier Jahren.

Der Himmel über Graz kam mir trotzdem schnell viel näher als der Trauben- und Apfelhimmel in Meran, aus dem Grazer Himmel fielen in den ersten drei Jahren keine Bomben, sondern kaum daß November war die dicksten Schneeflocken, so dicht und andauernd, daß die aufgeschaufelten weißen Gehsteigwände um einiges meinen Kopf überragten.

In Graz roch ich die Stadt in den Hausdurchgängen, in den Winkeln hinter den zurückgeklappten Toren – Uringeruch, Regengeruch, auch den Sommergeruch von vergangenen, langweiligen Sonntagnachmittagen. In meiner Nase dufteten sogar die Straßenbahngeleise und natürlich das Kabinenholz des öffentlichen Schwimmbades »Zur Sonne«. Wir Kinder wiesen die Pissoir-suchenden Stadtfremden in die Nischen der zurückgeschlagenen Haustore ein und sahen ihnen durch den einen und anderen Spalt zu, wir waren die Tageswächter der Stadt – bis die Alarmsirenen aufzuheulen begannen und die Bomben schließlich den Tag und die Nächte mit ihrem Schrecken beherrschten. Den Himmel konnte man oft nur durch Schutt und Aschewolken ausmachen. Aber wir Kinder hatten unsere Freude auch an den Schutthalden, fanden in alarmfreien Stunden ein aufregend weites Gelände vor, zum Sammeln von Bombensplittern oder zum Versteckspiel in gefährlich dunklen Ruinenlöchern.

Verlorengegangen ist mir der Grazer Himmel eigentlich erst im letzten Kriegsjahr, als ich mit meiner Mutter und meinen Schwestern täglich über die Murbrücke zum Schloßberg hastete, um einzutauchen in den Höhlenschutz des Schloßberges; bis zum Gedrängel im Stolleneingang war kaum Zeit gewesen, den November- oder den Februarhimmel zu bemerken, ob Sonne, Regen oder Schnee – immer nur so schnell wie möglich hinein in den Stollen. Heute weiß ich, daß der Himmel über Graz mir trotz allem den Rahmen gesteckt hat für die Welt; das Zufällige, das Kleine, auch der Jakomini-Platz, waren für mich die Welt, und diese Welt ist mir geblieben als Abgrenzung von Fremdsein.

Den Himmel über Meran kann ich mir heutzutage, wann immer ich will, ansehen, ich lebe, eine gute Autostunde davon entfernt, in einem Haus am Berg mit Blick auf die Dolomiten. Seit Jahren gehe ich nun schon über die Wege meiner Geburtsheimat unter einem meteorologisch und politisch geteilten Himmel und ärgere mich weniger über tagelangen Regen oder das Ausbleiben von Schneefall als über das nicht enden wollende Gekeife der Mussolini-Erben auf der einen und dem Dröhnen der »Mir sein mir«-Stammtischbrüder auf der anderen Seite.

Meinerseits habe ich den Nebel oft für meinen liebsten Himmel gehalten, den Nebel, der vom eiskalten kleinen Fluß Rienz heraufquillt, meistens sehr schnell, manchmal wie brodelnder Dampf, der den Talboden verschluckt hat; unsichtbar geworden sind der Schienenstrang der Pusterer Bahn (die Innsbruck quer durch Südtirol mit Lienz verbindet), unsichtbar auch die Rienz, dieses Selbstmörderflüßchen. Diesen Nebelhimmel liebe ich, der den vom Tal heraufdrängenden Verkehrslärm dämpft und gleichzeitig auch den Smog der Fernlasterkolonnen ebenso wie den der Flugzeuge über meinen Wiesen und Wäldern verheimlicht. Ich liebe den Nebel trotzdem, dieses Gehen, langsamen und manchmal wie überstürzt raschen Schritts, auf den mir seit Jahr und Tag bekannten Wegen, dieses Gehen über vertrautes Gelände, das plötzlich verhüllt worden ist ins Unvertraute; das ist ein Stillwerden, ein Tasten durch Bewußtseinsfragen: was will ich – was ist das? und wer bin ich wo? Mir kann der Nebel nicht dicht genug werden, vor mir oder hinter mir weiß ich meinen Hund. Mit dem Hund spreche ich nicht, auch mit dem Nebel nicht. Ich freue mich, daß alles immer näher heranrückt oder auch jäh fern abgeschirmt wirkt. Ich gehe gerne durch Wände, am schönsten fühlen sich die Nebelwände an.

Und doch bin ich immer froh, wenn die Nebelwand zerfließt, es genügen oft ja nur ein paar Sonnenstrahlen, die ich spätestens an Februartagen oder im März herbeischreie, wenn ich es nicht erwarten kann, endlich unter einer wolkenunbehinderten Sonne vor mich hin gehen zu können, ja – wie ein Befreiter, jedenfalls sich freier fühlender Mensch, mit wenigstens einer Hand voll Hoffnungen auf das Unwahrscheinliche, aber nicht Auszuschließende, z. B. Glücksempfinden. Inzwischen bin ich es sogar gewohnt, mit Ärger über güllestinkende Wiesen und Felder zu gehen, wobei der Nebel nur geringfügig den stechenden Geruch etwas dämpft, aber die Sonne und die oft wochenlange sonnige Trockenheit verwandeln die schöne Landschaft in ein unappetitliches und unausweichliches Freiluftklo. Ich – nicht immer mit Hölderlin oder Chatwin im Sinn – durchquere das angepriesene Idyll der Dolomitenheimat als ein Klo-Strafgefangener, obwohl es tröstlich ist für das Auge, daß die Wiesen im Frühling güllebedingt in prachtvollem Gelb erstrahlen von Löwenzahn- und Hahnenfußblüten – die eintönigen Sieger über die einstige Vielfalt der Bergflora, Margeriten und Glockenblumen sind mit der Gülle verschwunden.

Wenn der Nebel so dicht wird, daß die Dolomitengipfel und die Sarner Gebirgsrücken einer Ebene scheinbar gewichen sind, ist mir manchmal die Via Ripetta in Rom viel näher als an Sonnentagen, im Bergnebel spaziere ich öfters von der Piazza Spagna durch die Via del Babuino zur Piazza del Popolo und setze mich dort an ein weißgedecktes rundes Tischchen des Café »Rosati«. Der Nebel bringt mir sogar die kehlige Stimme der Kassierin ans Ohr. Ich setze Schritt um Schritt in den Nebel oder auch in den Dauerregen hinein, und es kann geschehen, daß mir die Buntheit des Bozner Obstmarktes in die Augen leuchtet, die Sonnenfreude der Orangen, das Grünlichgelb der Trauben und das Rot der Khakifrüchte, wandernd wechsle ich die Orte der Erinnerung und gleichzeitig wird mir meine zwiespältige Welt bewußt: Wenn ich im Sand oder auf einer Felsplatte einer griechischen Insel sitze oder auch unter einem Maulbeerbaum, habe ich dort meine Wiesenwege und das Dunkle des Bergwaldes im Kopf, so wie es mir beim Bergaufgehen durch Nebel, Regen oder Schneefall ergeht, daß ich das Sonnenglitzern auf dem Meeresspiegel von Eressos sehe und mich nach der unerschütterlichen Ruhe unter Olivenbäumen sehne. Der

Himmel über dem römischen Corso ist so schmal wie die Straßenbreite und seine staubige Wolkenlosigkeit ist aus einem weißlichen Blau – vielleicht wäre er über den Pinien der Villa Borghese grünlichblau, auf dem Gehsteig liegt ein junger Mann und sein gedunsenes Gesicht ignoriert scheinbar mein Vorbeigehen, zwischen ihm und seinem eingerollt schlafenden Hündchen lese ich auf einem Pappkarton: Ho fame. Aber ich gehe ja weiter über die gewundenen Feldwege aufwärts, es ist März – der Nebel fällt wie ein Unterhemd der Sonne –, das Gras ist noch gelb, färbt sich in den Spitzen aber schon ins Grünliche, kahl sind die Lärchen, Eschen und Zitterpappeln, aber der Himmel ist blau, alabasterblau, so zart, daß ich ihn schützen möchte mit meinen hochgestreckten Fingerspitzen vor dem Zerreißen. Ich rufe meinen Hund, er gräbt in der aufgeweichten Frühlingswiese nach einer Schermaus oder einem Maulwurf.

Im März bin ich mehr als einmal über die Piazza di Spagna hinauf zum Pincio, unter einem von der Nacht frisch geblauten Himmel, einmal auf der Suche nach der Via Adda bin ich an breitstämmigen Platanen vorbeigekommen, die zu dieser Jahreszeit eine grüne Blütenwolle trugen, auch die Lorbeerbüsche entlang der Alleen blühten (weißgrünlich), und ich roch sogar den feinen Duft. Ich schritt wie auf gefederten Füßen – auch wenn ich den Himmel zwischen den Wipfeln der Parkbäume nur stückweise sah – er war so befreiend nahe oder sein Blau so nahe über mir, daß ich seine Ferne tatsächlich habe berühren wollen. Die Rasenmäher der römischen Stadtgärtner surrten indessen zwischen den Bäumen, mähten die weißroten Köpfe der Gänseblümchen nieder, es roch nach saftfrischem Schnitt. Ich hob einen schwarzdürren Magnolienzapfen auf, steckte ihn in meine Jackentasche.

Jahraus, jahrein gehe ich auf den Berg die gleichen Wege, über tief gefrorene, aufgetaute oder vertrocknete Felderde, Tag für Tag unter einem Himmel, den ich liebe und hasse, aber meistens ignoriere – ich gehe vor mich hin, als ob der Himmel eigentlich unter meinen Füßen wäre, ich zertrete ihn, als ob er meine Zeit wäre. Dabei rede auch ich fast nur vom Wetter, wenn ich mit Leuten im Dorf rede, in der Bar »Zur Sonne«, es gibt ja kein Gasthaus »Zur Nacht« und nicht einmal eine Bar, die »Zum Nebel« oder »Zum Regen« heißt.

Das Dorf, in dem ich lebe, existiert eigentlich so erst, seit wir alle reich geworden sind, oder doch einige von uns. Vorher war es ein sogenanntes Streudorf – die Häuser, fast alle Bauernhöfe, lagen voneinander entfernt an Waldrändern, an abschüssigen Hängen, und der Kirchplatz war nur umstellt von einem Gasthaus und einem

Laden zum Einkaufen sowie der Schule, unter deren Dach auch die Gemeindestube sich befand. Heute ist dieses Dorf zusammengewachsen wie ein großes luxuriöses Gefangenenlager, beherrscht von den Giebeldächern der Einzel- und Halbhausbesitzer, als wären sie alle am liebsten noch Heustadelbesitzer, kaum Platz für einen Baum oder einen Salatgarten vor den großen Sonnenfenstern, dafür kein Mangel an Autogaragen.

Ich mag dieses Dorf, vielleicht gerade weil es so pankikartig schnell entstanden ist –, es beläßt mir die Distanz, ich könnte auch sagen – das Fremdheitsgefühl, das ich brauche, um es »daheim« auszuhalten.

Aber es ist ja nicht immer März, wenn die weißblauvioletten Krokusse die eingetrocknete Güllehaut der Wiesen trotz allem durchdringen und fleckenweise blühen, fast gleichzeitig mit den luftiger sprießenden Weidenkätzchen. Irgendwann – zwischen Juli und August – ist auch hier am Berg Sommer, Anfang Juni blühen erst die wilden Kirschen, und auf diese weißen Blüten sah ich schon oft große Schneeflocken fallen. Der Sommer – das sind auf 1200 Meter Höhe Tage des Heudufts, Tage des Regens (so viele manchmal, daß das gemähte Gras zu verfaulen droht) und auch Tage einer nicht enden wollenden Sonnentrockenheit. Dann (eigentlich erst seit dem letzten Jahrzehnt) brennt die Sonne sogar in dieser Höhe nicht viel weniger stechend als an der Adria, ich renne meist vor sechs in der Früh durch das nächste Waldstück, durch die Dämmerung dem neuen Tag entgegen – zwischen dem einen Waldstück und dem nächsten liegen viele Hektar Kuhwiesen. Wenn ich später unterwegs bin, überrascht mich die Sonne zwischen den Fichtenstämmen, aber normalerweise erwischt sie mich auf offenem Feld, ich laufe ihr ohne Dunkelbrille im Zickzack aus dem Strahlenweg, es ist Sommer, ich rieche das Gras, ich rieche aber auch den Verkehrssmog, der vom Tal heraufschwappt, und schaue auf die Wiesenränder, wo noch hie und da eine Glockenblume oder der blaßblaue Augentrost zu entdecken sind, vor allem aber schaue ich vor meine Füße – den Himmel kriege ich so und so mit, ich muß darauf achten, der Sonne mit meinem Blick zu entkommen.

Der Sommer ist ja besonders hier ein Touristenhimmel, eigentlich sollte es ein Schönwetterhimmel sein auf Abruf mit Knopfdruck. Schon lange begegne ich nicht nur bundesdeutschen Pensionisten, inzwischen freuen sich die Zimmervermieter und alle Gastbetriebe auch über die spendierlockeren Italiener – ob aus Mailand, Rom oder Monte Belluno, ich sehe es an den immer unübersehbarer werdenden ehemals weißen Papiertaschentüchern, die über die Stille des Waldes verstreut liegen wie Pfeffer und Salz. Ich spaziere sozusagen durch die Endstationen der Urlaubermenüs, während ich den Blick nur für Pfifferlinge und Pilze frei haben möchte. Die Zeitungen, Radio und Fernsehen melden indessen Stunde für Stunde von Katastrophen, Massakern, jeder Menge Attentaten. Und ich wandere trotzdem täglich mit diesem nachrichtengefüllten Kopf über die Wiesen und schnüffle Sommergras- und Heugeruch ein, sehe im September zuerst die Blätter von den Birken fallen, gleich darauf von den wild wachsenden Kirschen und fast gleichzeitig die von den Zitterpappeln und Espen, am längsten halten sich erstaunlicherweise die Blätter der Äpfel am Ast, noch vor ihnen rieseln die rostbraungelben Nadeln der Lärchen zu Boden.

Keine ewig grauen Herbsttage, die mich zum Ende des Jahres begleiten, oft strahlt der Himmel noch lange bis in den November hinein urlauberblau, obwohl die meisten Hotelbetriebe des Dorfes im November schließen und ich nur in der einen oder anderen von zwei noch offenen Bars mit dem einen oder anderen Güllebauern stumm ein Bier trinken kann, kein Wort über eine Endzeit, weit und breit kein Zeichen von bevorstehendem Untergang. Nächstes Jahr wird wieder gemäht.

Wortlos mein Bier schluckend fällt mir da ein: Gibt

es denn noch irgendwo einen anständigen Himmel, ohne daß davon ein Stück aus New York oder Washington stammt, zumindest ausgeliehen? Ich bin von der Bleeker Street Sonntag morgens zum Washington-Park, habe mich auf eine der in dieser Frühe leeren Bänke gehockt, habe auf den hügelig gescharrten Sand der Kinderspielkästen geschaut und mich weit weg von was immer gefühlt, auf jeden Fall fern von meinem Bergwald.

Mit diesen New Yorker Sandkästen im Kopf stapfe ich wieder über die Terner Herbstwiesen auf den mich letztendlich bedrückenden Winterwald zu –, ich scheue alles, was Enge oder Dunkel ist, und gehe dennoch diesen abzweigenden Weg zum Waldfinsteren hin, oben auf den Bergkopf des Dorfes, weil ich mir sonst wie ein Verräter vorkäme: Ich muß mich im Wald aufgeben, obwohl ich mich nicht mehr verirren kann, aber ich kenne einzelne Baumstämme, an denen ich nicht mehr vorbeikomme, ohne sie mit einer Handfläche zu streifen. Dabei ist mir manchmal, als würde ich im Berliner Grunewald diesem Waldwasser entlanggehen und die Rindenzeichen einer Liebe suchen, ohne Angst vor den disziplinierten Doggen und Schäferhunden der Großstadt, die an mir vorbeilaufen, ohne zu kläffen.

Tatsächlich frage ich mich täglich, warum ich unter diesem geteilten Südtiroler Provinzhimmel herumlaufe und mich von Jahreszeit zu Jahreszeit quälen lasse von der Frage, wozu bist du hier, warum gerade hier? Dieser verdammte Himmel, der uns alle so meteorologisch zudeckt – eine einzige Schlafdecke, unter der die guten braven Tiroler Bergbauern ebenso schlummern wie sizilianische, neapolitanische, ligurische, venezianische oder lombardische Nachkommen von nationalistisch hochgestimmten Arbeitssuchenden – Mussolini trieb sie an diese Kultur- und Arbeitsfront, ließ die Apfelbäume fällen und die Reben roden, um Chemie- und Metallindustrie auf die Felder um Bozen mit Ziegel und Beton zu setzen.

Unter diesem Südtiroler Himmel wandere ich mit dem Bewußtsein, daß alles Teil eines Lebensabenteuers ist, auch wenn dieses nach Gülle stinkt – mir gefällt das Widersprüchliche, und ich leide mit. Wie oft wünsche auch ich mir das Eindeutige, den einzigen klaren blauen Himmel und weiß, wie unerträglich langweilig der auf Dauer wäre. Aber es ist wie es ist – ich trage mein Fell auf den Markt, ich will ohne Kalaschnikow leben und niemanden sterben wissen, schon gar nicht durch uranhaltige Todeskugeln. Vieles ist irrwitzig geworden: Was heißt denn leben, tragisch oder bewußtlos – unter einem Himmel Europas? Ich fühle mich fast schon tot, wenn ich die verlogenen Reden des Präsidenten der Welt zur Strafe (wofür?) immer und immer wieder hören muß, noch weit über das Grab meiner Hoffnungen hinaus.

Dabei gehe ich, stapfe ich zur Zeit durch frisch gefallenen Schnee bergaufwärts, und meine Augen suchen nicht den Himmel – mein Gesicht würde naß werden von seinen weißen Flocken. Ich hoffe, es wird noch eine Weile schneien.

Inhalt

Bernd Schroeder

Die Madonnina

Roman

Band 15780

Severina schweigt. Seit einem Jahr arbeitet sie auf ihrem Berghof hoch oben in den italienischen Alpen, ohne mit einem einzigen Menschen zu sprechen. Sie schweigt seit dem Tag, als Massimo sie verlassen hat, um einer Touristin und dem Reiz der großen, modernen Welt zu folgen. Severina wartet, sie erinnert sich an die vergangene Liebe, und sie wartet auf den Tag, an dem sie Massimo zurückkommen sieht, die lange hohe Bergflanke hinauf. Doch als er tatsächlich kommt, ist alles anders. Plötzlich weiß sie nicht mehr, ob die Liebe das lange Schweigen überlebt hat.

Bernd Schroeder erzählt in seinem Roman die Geschichte einer Frau im heutigen Italien, aber in einem Italien, das noch anknüpft an archaische Lebensweisen, die man längst vergessen glaubte. Der Roman einer Liebe aus einer seltsamen, fremden Welt, geschrieben in einer wunderbaren, poetischen Sprache.

»Severina, diese unglaublich trotzige,
ein wenig todessüchtige ›kleine Madonna‹ vom Berg,
ist einfach unwiderstehlich.«
Der Spiegel

Fischer Taschenbuch Verlag

fi 15780 / 1

Ludwig Harig

Und wenn sie nicht gestorben sind

Aus meinem Leben

Band 16212

»Also begann ich, Geschichten meines Jahrhunderts zu erzählen, Geschichten, die sich aus der Kindheit heraus bis heute fortsetzen und nicht aufhören, so daß ich sie weitererzählen muß, solange ich am Leben bin. Es sind Geschichten von Menschen, die ich erzähle, damit sie in der Erinnerung fortleben. Ich habe mich einen Märchenerzähler genannt. Obwohl es in all meinen Geschichten um wahre Begebenheiten aus einer historischen Wirklichkeit geht, schwingt im Erzählen das Ungewisse erfundener Möglichkeiten mit.«
Ludwig Harig

Ludwig Harig, dessen Chronik des deutschen zwanzigsten Jahrhunderts begeisterte Leser fand, setzt die Erzählung seines Lebens fort.

Fischer Taschenbuch Verlag

fi 16212 / 1